お兄ちゃんとの
本気の
誰にもバレちゃダメだよね？
2
保住圭
ill. 千種みのり

ふぅ……
いい湯ですね

おや、どうして
そんなにソワソワと……？
梢ちゃんとなぜかお風呂に!?
どうしてこうなった——!?

……は？
鹿宮《かのみや》紫子《ゆかりこ》
学園の風紀委員長。
梢の従姉でもある。

実の兄妹での恋愛は
不純ではないっ!!
……え？

は――――。
うん。
もういいや。

お兄さんのこと
好きになっていいですか?
袴《はかま》谷《だに》千《ち》代《よ》
千晴の友人・宗茂の妹。
千晴とは初対面だが……?
予期せぬ「妹」からの告白――。
この恋もバレちゃダメだよね?

目次

お兄ちゃんとの本気の恋なんて誰にもバレちゃダメだよね？ 2

保住圭

GA文庫

キャラクター紹介

由《ゆ》真《ま》千《ち》晴《はる》

実の妹に恋する高校一年生。幼い頃から自分の妹を世界で一番可愛いと思っていた。周囲に秘密で本気の恋を育んでいく。

由真ちまり

実の兄と恋に落ちた中学二年生。お兄ちゃんのことが好きでたまらない。
嬉しい気持ちが高まると自慢のツインテールを触っちゃう。

十《じゅう》字《じ》ヶ《が》原《はら》希《き》衣《い》

千晴の一学年上の先輩。
学校一の美人と名高い存在。
ちまりに優しく接する千晴の
姿に強くときめいて人生初の
一目惚れをしてしまう。

泊《とまり》梢《こずえ》

ちまりの同級生で大親友。
メリハリのついた身体でとくに
胸の発育が凄まじい女の子。
ちまりのことが大好きすぎ
て……？

イラスト／千種みのり

プロローグ　ついに告白してしまいましたが、ボクの想いを否定はできないですよね？

――みしり、とどこかで、茨《いばら》が新たに生える音が聞こえた気がした。


「そ、それは梢《こずえ》ちゃんの拡大解釈だぞ!?」

どうあれ、おれ――由真千晴《ゆまちはる》は言うしかなかった。

「おれとちまりが、実の兄妹でガチ恋愛してるだなんてっ……」


夜の八時を少し回った、家のすぐ前の路上。

おれと、妹――ちまりが対峙《たいじ》してるのは、普段は無表情な顔を真《ま》っ赤《か》にして、懸命な目つきでこちらを見据《みす》えてきてる女の子。

ちまりのクラスメイトで、親友……だったはずの、泊《とまり》梢ちゃん。

そう。――『だった』だ。

こんな顔で、こんな挑むような告白をしてきた以上は……。

もはや、『おれの恋敵《こいがたき》』としか言えない。

……たぶん、昨日今日のことじゃないんだろう。

日頃《ひごろ》の淡々とした態度の裏で、彼女はずっと、ちまりに秘めたる恋をしてて……。

その上で、いつどこでどうなのかは分からないけど、おれとちまりがお揃《そろ》いの、恋愛成就のお守りを持ってるって知ってしまった。

そこで思ったんだろう。気づいたんだろう。

おれたちが恋人同士だったんなら……つまり、実の兄妹での恋愛なんていう、世間一般的にはいけないい関係が、おれたちの間ではアリなんだったら。

同性かつ彼氏持ちの相手に横恋慕してるっていう、自分の気持ちもアリなはずだと。

少なくとも、おれたちには否定できないはずだと……。

——確かに否定できない。

たとえば『君の気持ちは常識的に考えてあり得ない』なんて言ったら、それはおれたちの仲のことも、自分で否定しちゃうのと変わらないわけだし。

だから梢ちゃんの告白は、おれに退けられるものじゃない——

（……けど、それはそれッッッッ!!!!!!!!）

心中で絞り出すように叫んで、自分を奮い立たせる。

だって彼女がほしがってるのは、おれの大事な妹《かのじょ》なんだぞ!?

渡せるはずがない。この告白を受け入れられるわけがない。

ないからこそ――

「お……おれたちはただの、仲のいい兄妹だから！」

と、たとえ嘘《うそ》だとしても、おれは言うしかなかった。

――聞く限り梢ちゃんの告白は、『おれたちが付き合ってる』ってのが前提条件になってる。

そして彼女の中でその根拠は、『おれたちがお揃いの、恋愛成就のお守りを持ってた』ってだけなんだから……。

つまり、極論すれば勝手な決めつけ、憶測でしかないんだ！

だったらここは強引《ごういん》にでも言い切り、言い逃れて、うやむやにしてしまうしかない！

――今までずっと、希衣《きい》先輩に対してそうしてきたように。

「だから申し訳ないけど、梢ちゃんの今の告白はっ……」

「では聞きますが」

「へ？　う、うん」

遮《さえぎ》るようにかぶせられ、おれは虚を突かれたみたいになってしまった。

梢ちゃんは気づけばいつもどおりの、淡々とした顔つきに戻ってて……。

「でしたら何故《なぜ》、ちまりがそこまで狼狽《うろた》えているんですか？」

「えっ？」

指摘され、おれは傍《かたわ》らのちまりに慌《あわ》てて目を向けた。

「うあっ、あっやっ、ふあぁ、あうっ、あうあうあうあうあうあうあうあぁ〜〜……っ」

——あ、ダメだこりゃ！　完全にパニクってる‼

一目見ただけで分かってしまった。耳まで赤くなって、両手をあたふたさせて、口をパクパクするばかりで——

（どうっ、どう答えればいいの⁉　ちま、女の子同士でそういうの考えたことないし、そもそもちまにはお兄ちゃんがいるからお付き合いはできないって……言ったら！　そうしたらバレちゃう！　ナイショのカンケイなのに！　でも梢ちゃんはっ……えっ、分かってるの⁉　分かってて、それでもなの⁉　そんなにちまのことっ……えええ⁉　どうしよう、どうすればいいの、どうすればうあうあうあうあうあーーーーー⁉）

……なんて心中の叫びすら、聞こえてくるかのようだった。

「ちまりのこの狼狽えっぷりが、すべてを物語っていると思いますが」

はい、まったくもってそのとおり！　分かりやすすぎだろおれの妹《こいびと》！　まあそういう素直にもほどがあるところが可愛《かわい》くてしょうがないんだけど——

やっぱり、今はそれはそれ！

どんなにバレバレでも、おれは否定し続けるしかない。

だって認めてしまったらそこで終わりだ。おれたちの仲は、そういうものだ。

だから、たとえ——

「ええ、はい、分かっています。あくまでも千晴さんはボクの告白を否定したい。……できないと分かっていても、立場上」

「――――ッ」

おれの頭の中を見透かしたみたいな言葉。

その上で、彼女はその大きな胸を抱えるように腕を組み、じっとちまりを見つめて、

「ちまりは……こうして狼狽えてくれている以上、脈がないわけではないと判断します」

「そっ、そんなことはっ――」

「ですから、まず口説き落とすべきは……」

一度目を閉じてから、今度はおれを見据えて言った。

今日一番、静かに。ゆっくりと。

「千晴さん。あなたのほうですね」

――おれたち兄妹の行く『茨の道』に、突然飛び込んできたもう一人。

だけど、彼女は生い茂る茨を、想《おも》いの力で掻《か》き分けて進もうとはしてなくて……。

剪定《せんてい》ばさみを振りかざし、冷静に、根気よく切り開いて進もうとしてるんだと感じた。

そしておれは同時に理解した。

彼女にとっては……おれこそが、切り開くべき茨なんだと。

第一章

つまりこれはもう同志ってことですよね？

「ふぅ……いいお湯ですね、千晴《ちはる》さん」

「そ、そ、そう……だな……」

「おや、どうしたんですか？　何をそんなにソワソワと」

「きっ……決まってるだろっ、こんな、こんななぁっ……！」

――どうしてこうなった⁉　の極みだった。

小一時間後。おれはタオルを腰に巻いた状態で、ウチの湯船に浸《つ》かってて……。

そしてその横には何故《なぜ》か、同じくバスタオルを身体《からだ》に巻いた梢《こずえ》ちゃんが、並んで湯船に浸かってる。

要するに、恋敵《こいがたき》と一緒に風呂《ふろ》に入っていた。

「こんな、なんですか？」

「っっっ……」

意志力を総動員して、視線が横を向かないように踏ん張る。

じゃないとマズい。この状況は、マズい！

何がマズいって……梢ちゃんの爆乳、大きすぎて今にもバスタオルから『ぱよぉんっ！』と飛び出し――いやもうなんか弾《はじ》け出てきてしまいそうなくらいなんだもん！

悲しいかなもうずっと、本能的に視線が吸い寄せられそうになってるのが、自分で分かる。

しかし、しかしだ！　おれにはちまりという、可愛《かわい》い可愛い妹《かのじょ》がいるわけでッ……。

他《ほか》の女の子の胸を――いくら大きくてパッツパツで柔らかそうで、あとちょっとバスタオルがズレたら、見てはいけないピンクの領域まで見えちゃいそうだからって――ガン見してしまうなんて許されざることなんですよ！　お分かりいただけますか⁉　そう、ダメなんですよ、ダメ……ダメなのに……。

（くぅ……ああくそっ、まだ中等部のくせになんでこんなに大きいんだ、何食ったらこんなになるんだ、背は低いのに胸だけこんなっ……あぁぁどうしてここまでエロっちく思えるんだよ、おれはちまりが好きなくらいだから決して巨乳派じゃないはずなのにッッ……!!）

「ずっとチラチラ、ボクの胸を見てますね」

「ッ……み、見てない！　断じて見てない！　見るわけがないっっ」

「はい、一生懸命自分にそう言い聞かせてるのも分かります」

「言い聞かせてるだけじゃなくてマジで見てはっ――」

「分かりました。千晴さんに問題がないのなら、本題に入るとしましょうか」

「も……問題は、ない……だって見てないし……だから本題、望むところだ……」

「ありがとうございます、では始めましょう」

梢ちゃんはほんの少しだけ、微笑した気配を漂わせつつ、ささやいた。

「……聞いてください。ボクが何故、告白にまで踏み切ったか――」

（うぅ……くうぅっ……!!）

もはやその声すら、湯気と熱気を含んでつややかに濡《ぬ》れ、おれの脳の男の部分をズクズク刺激してきてるような気がして……。

（本当に、本当にマズいっ……この状態、この状況だと、何を聞いても許せてしまいそうでッ……!!）

って……まさか梢ちゃん、最初からこれを狙《ねら》ってたのか？

おれを口説き落とすために、自分に有利な状況に持ち込もうと。

だとしたら……なんて恐ろしい……なんという、恋への執念……。

思い返せば最初から、彼女にはどうしてか押されっぱなしだった。

「というわけで飲み物でも出してください」

「あうあうあう～～っ！」

「いや待て、待て待て待て、どうしてこうなった⁉」

――あの衝撃の告白から数分後。

おれたちはウチのソファに腰かけ、改めて向かい合っていた。

正確に言うと、おれたち兄妹は三人がけのソファ。ちまりはおれにしがみついて、相変わらずどうしたらいいか分からないといった風に困惑したままで。

そして梢ちゃんは一人がけのソファで、飲み物を要求してきていた。

つまり何故か三人で戻ってきた形だった。

「ちまりはともかく、なんで梢ちゃんまでウチに上がり込んでるんだよ！」

「ここは『たまり場』では？　そしてボクも出入りが許されているはずです」

「ぐ……そ、そりゃそうだけど時間にもよるだろ！　今はもうプライベートタイムっ」

「だとしても押し通ります。不本意ながら、ちまりを混乱させてしまったのはボクのせいなので。責任を取らねばと」

「だったらなおさら、ここはとりあえず帰ったほうがいいんじゃないの⁉」

梢ちゃんが目の前にいる限り、ちまりはどう答えればいいかひたすら混乱し続けるだろうし！

っていうのを向こうも絶対分かってると思うんだけど、しかし梢ちゃんは淡々と首を振って、

「逆です。このまま帰ればほぼ間違いなく、ボクの告白で混乱しているちまりを、千晴さんがなだめたという結果で今日が終わってしまいます」

「それでいいじゃん！　というかそのつもりだし！」

「そうなったらボクはただの困った子じゃないですか」

「すでに充分困った子だよ⁉」

「それが不本意だと言っているんです。少なくとも――」

そのまなざしが急に光を宿し、ちまりに向けられる。

「……ちまりには落ち着いて考えてほしいですから」

(あ……)

今まで見たことがないくらいの、さっきの告白のとき以上に真剣な顔だった。

だからおれにも、否《いや》が応《おう》でも分かってしまった。

――ああ、この子の想《おも》いは本物なんだ。本当に、心底、ちまりが好きなんだ。

「梢ちゃん……」

それを悟って……逆におれは、思わず自問してしまった。

(自分はここまで、他人に堂々と『恋をしてる自分』を見せられるか……?)

無理だ。と、すぐにそう答えが出た。だっておれとちまりの仲は、誰にも知られちゃいけないナイショの関係なんだから。

けど、この子は違う……少なくとも隠そうとは一切《いっさい》してない。

おれたちと方向性は違っても、いけない恋であることには、変わりないはずなのに――

「なのでまずは飲み物を、と言っているんです」

というかさっきからマイペースにもほどがあるな！　前からだけど、今日はいっそう！

「そもそも、ちまりにしがみつかれてる状態のおれにそれを言う⁉」

「……言われてみればそうですね」

恋は盲目なんて言うけども、梢ちゃんのそれは視野を狭くしてる模様だ……。

けど元々頭の回転が速い子だけに、すぐに切り替えて立ち上がって。

「では、ボクが用意します」

そして勝手知ったるといった感じで、台所へと向かい――

「…………」

いや、その途中で立ち止まり、少し考えたかと思うと、何故か給湯器のボタンを押した。

『お湯張りを開始します』

「はい」

「いやいやはいじゃないし！　なんで風呂入れてんの⁉　え、たっぷり白湯《さゆ》飲めってこと⁉」

「キレッキレですね、千晴さん。予想外のツッコミでした……ぶふっ」

「予想外はこっちの台詞《せりふ》だよ⁉　あとウケないで、なんか恥ずかしいから！」

というかまさかこんな形で、梢ちゃんの笑うところを初めて見ることになるとは思ってもみなかったよ！

そう、こっちが恥ずかしくなるくらい、それは『普通の女の子の笑顔』で……。

だからおれは顔の熱さを覚えつつ、ちょっと引き込まれるみたいに見入ってしまって……。

そして梢ちゃんは、口元をほころばせたまま言った。

「恥ずかしいとは何をいまさら。ちまりと一緒にお風呂に入ったこともある人が」

「えっ……な、なんでそれ知って――」

「おや、本当にありましたか。ひょっとしたらとは思っていましたが、やりますね」

にやぁり、と笑みの質が変わった。

「っ……カマかけたのかよ！」

「ついでに電話もかけます」

「へ？」

引き込まれたあげくにひょいっと間合いを外され、おれは一瞬、きょとんとしてしまう。

その間に梢ちゃんはポケットから淡々とスマホを取り出し、数回タップすると耳に当てた。

「――あ、もしもし、夜分にすみません泊《とまり》です。ええ、はい、その梢ちゃんです」

ど、どこにかけてるんだ……？

「実は今、ちまりさんがウチにきているんですが、疲れていたようで眠ってしまいまして」

……ん？　ウチって、ウチ《ここ》？　いや、文脈から言ってむしろ梢ちゃんち……？　なんで梢ちゃんちが出てくる……？

「ええ、はい、千晴さんのお部屋を出たあとにでしょう。まあとにかく、無理に起こすのも忍びないので、このまま泊まってもらおうと思うんですが構いませんね？」

って……まさか、電話の相手は……。

「ウチは大丈夫です。ちょうど明日はお休みですし、なんせ『泊』なくらいですしね、なんてフフフ。いえいえ、ボクも度々お世話になっていますしお互い様です。はい、はい、ではそういうことで。失礼します」

と締めて通話を切ると、

「はい、これで一晩、時間を確保しました」

梢ちゃんはすっかり元の無表情に戻った状態で、ぴし、と親指を立てて見せてきた。

「う、ウチの親にかけてたんだよな？」

「そのとおりです。どうせお風呂に入るなら帰りの時間を気にせず、ゆっくり入るほうがいいですしね」

「だからって……よくまああんなスラスラ嘘《うそ》ぶっこけたもんだな……」

しかもあっさりウチの親から、ちまりの外泊の許可を勝ち取ってのけた。

つまりそれだけ信頼されてる。おれの知らないところで何度も実家《ウチ》に来てて、きちんとコミュニケーションを取ってたってことで。

そして……ちまりのためならいくらでも嘘をつく覚悟があるってことでもあって……。

（おれと同じように――）

「千晴さんには負けますよ。よくもまあ、ちまりとはただの兄妹だなんて」

「っ……い、いや、だからそれはだなっ……」

「ボク相手なら、もう隠さなくていいんじゃないですか？　同じ穴のムジナですし」

「…………」

同じ穴のムジナ。……同じ女の子に、惚《ほ》れている同士。

「そもそも、まずそこを認めてくださらないと、千晴さんにボクの想いを退ける権利はないんですけど、その辺りどうでしょう」

「…………おれとちまりは兄妹で恋人同士です」

言ってしまった。認めるしかなかった。梢ちゃんの言うとおりだったからだ。

確かに自分はちまりの彼氏だと認めないと、「おれの彼女に手を出すな！」とは言えない。

そして初めて他人に、兄妹で付き合ってることを明言してしまって……。

（……なんでおれ、ちょっと気持ちが軽くなってるんだ？）

と、思わずまた自問してしまったおれに、梢ちゃんは、

「ありがとうございます。……やっと、同じ土俵に上がってきてくれましたね」

「…………」

今度は眼を細めて、嬉《うれ》しそうに微笑《ほほえ》んだ。

同じ土俵……これで対等に、正々堂々おれと話せると。

今度はなんとも言えないむずがゆさというか、ムズムズ落ち着かなくなるような感覚が……。

（これ……『嬉しい』のか？　おれも……）

って、いや。いやいやいや待て由真千晴《ゆま》。

と自分に制止をかけつつ、まだおれにしがみついて離れないちまりに目を向ける。

「あうぅ、あううぅっ、うううううぅ〜〜っ…………」

まだ、混乱してる。どうすればいいのか分からず、困り果てて……それでも必死に悩んでる。

涙がにじみそうになるくらい、健気《けなげ》に。懸命に。

──ちまりをこんな状態にしたのは、他でもない、梢ちゃんだぞ？

（それだけでっ……おれはやっぱりこの子を受け入れられない。この子の気持ちを、認めるわけにはいかない！）

だってこの子になら分からないはずないんだ。自分が告白すれば、ちまりはこうなるって。

なのに告白してきたこの子に対して……仲間意識なんか芽生えちゃダメだろ、おれ！

（そう、同じ土俵に上がりはした。でもそれはあくまでも──この子を真っ正面から論破するためだ！）

ギッ、と眼にそんな意志と力を込め、改めて梢ちゃんをにらみつけた。

が……彼女のほうはいつの間にか、おれからちまりのほうへ視線を転じてて、

「では……お風呂が沸く前に、ちまり」

くる。

「ひゃ、ひゃいっっ」

びくぅ！　とちまりはおびえた子供のように身体を縮め、ますます強くおれにしがみついてくる。

「こ、こじゅえちゃん、ちま、ちまっ……あうぅぅ」

そしてあわあわと、困り果てた様子でまた、口をパクパク。

おれはそんな妹を守るみたいに、両腕で抱き寄せて身体を包み込む。

「……これ以上何を言ってちまりを困らせるつもりだよ、梢ちゃん」

「いえ。今はボクがきちんと言わないと、困らせたままになってしまいます」

「だから困らせた張本人が何をっ……」

「とにかく。……ちまり、そのままでいいから聞いてください」

内心、密《ひそ》かにビックリしてしまったくらい、優しい声音だった。

「な、なあに?」

まだ少しおびえてるっぽい感じだけど、さすがにこう呼びかけられれば、ちまりも返事と共に彼女に目を向ける。

その視線に頷《うなず》いてみせて、梢ちゃんは……。

「ボクは、答えを急《せ》かすつもりはありません」

あくまでも穏やかに、だけどはっきりそう言った。

「え……い、いいの……？　じかん、くれるの……？」

「はい。そこまでしっかり受け止めて、頭がパンクしそうなほどに考えてくれただけで、今は充分です」

「こ、こずえちゃん……」

「落ち着いてから、少しずつ、ゆっくりでいいんです。……だからもうそんなに困らないでください、でないとボクも……困ってしまいます」

「………うん」

梢ちゃんの優しい語りかけに、こくん、とちまりはやはり子供のように頷いた。

かと思うと、こてんと急に、脱力したみたいになって頭をもたれてきた。

「ち、ちまり？」

「……こー……こー……」

「寝ちゃったのか……？」

「安心して、緊張の糸が切れたんでしょうね」

「みたい、だな……こず――」

途中で言葉を飲み込んだ。

『梢ちゃんのおかげで』なんて、おれの立場から言えるか！

「……こず？」

「なんでもないっ。まあ、とにかくこうなったらもう、このまま朝まで寝かせといたほうがよさそうだな」

「同感です」

「じゃ、ちょっとベッドに入れてくる――よっと」

ちまりを横抱きに抱きかかえると、そのまま寝室まで運び、ベッドに横たえさせて布団《ふとん》をかけてあげた。

「んぅゆ……おにいちゃ……」

「うん……大丈夫だ、おやすみ、ちまり」

――怒濤《どとう》の夜だっただろうけど、とにかく今は安心して寝てくれ。

そんな願いを込めた手で、最後に優しく髪を撫《な》で、リビングに戻る。

「さすが、軽々と……でしたね」

梢ちゃんはソファに座り直し、おれを待ち構えていた。

「ちまりは小さくて細いから、軽いもんだしな」

「ボクの腕力ではおそらく、同じようにはいきません」

「そこは仕方ないだろ、女の子なんだし――」

「いえ、いざとなったら意地でも抱えてみせますけどね」

「自分で無理っぽいみたいなこと言っといて！　というか、いつだよ『いざ』って！」

「もちろん、ちまりがボクの恋人になってくれたら、です」

「…………二人になった途端、蒸し返してきたな」

最初から、そのつもりだったんだろうけどさ。

「先に口説き落とすべきなのは千晴さんのほう、と言ったはずです。ボクは朝まで付き合ってもらう気満々ですよ」

「まあ、おれとしても望むところだけど……そっちは親に連絡しないで平気なのか？」

「千晴さんがちまりを運んでいる間に、パパッと連絡しておいたので大丈夫です」

「へえ、ウチの親からもだけど、すぐに許可もらえるなんてよっぽど信頼──」

「朝の段階で言ってありましたから。今日は人生がかかった勝負に打って出るつもりなので、ひょっとしたら帰らないかも知れませんと」

「……いや、それで許してくれる親ってどんなよ」

「そういうヤンチャは若いうちだけの特権だと笑ってくれる親です」

……なるほど、親御さんがそうだから、梢ちゃんもこんなフリーダムな子になったわけね。

「というわけでお風呂にでも入りますか。せっかく沸かしたんですし」

「おれからすると『勝手に沸かされた』だけどな……まあ、入るんならタオルは……」

「いえ、一緒に入るんですからその辺の説明は現地で」

「ちょっまっえっどどどういうこと⁉」

今度はおれが狼狽《ろうばい》させられてしまった。

さらっと爆弾投げ込んでくるの、やめてもらいたいんだけど⁉　というかだなっ！

「ななななんでおれが梢ちゃんと一緒にっ――」

「日本には昔から、込み入った話は裸でするものという言葉があるでしょう」

「『裸の付き合い』のこと⁉　大丈夫⁉　ちゃんと勉強してる⁉　あれ、そういう意味じゃないよ⁉」

「まあバスタオルくらいは巻きますけどね、さすがに。だからセーフですよ」

「アウトだよどう考えても！　いろんな意味で！」

「口説かれるのは望むところ、と言いませんでした？　先ほど」

「普通に話を聞くのは、だよ！　っていうか、そもそもおれにはちまりがいる以上、他の女の子とそんなことは――」

「だからです」

「え？」

「千晴さんはすでに、ボクの好きな子の心を射止めてるんです。……普通のシチュエーションで、対等に渡り合えるわけがないじゃないですか」

「…………」

「それに、『自分にはちまりがいる』というのは、ボクだって同じです。ちまりに操《みさお》を立てる気持ちは、ボクにだってあります」

「だ……だったらなおさら……」

「お互い対等の条件だからこそ、同じ土俵での勝負になるんです。……千晴さんもボクを真っ正面から論破したい。違いますか？」

「そ……それは、あるけども……」

「では決まりです。隠すところなく、お互いの想いを戦わせ合いましょう」

「け、けどやっぱりそれを風呂で、お互いタオル一枚だけでっていうのは――」

言いながらついつい梢ちゃんの、布地が押し上げられてパッツパツに張り詰めてるみたいになってる、たわわにもほどがある胸元《むなもと》に視線が向いてしまった。

こ、こんな低身長爆乳で二つ下の中等部女子と、タオル一枚で一緒に風呂なんて……。

「……逃げるんですか？」

「っっ」

その一言で一気に頭が冷えた。冷えた上で、違う方向に熱くなった。

「千晴さんの、ちまりに対する想いはその程度、と。ならボクの不戦勝で、ちまりはもらっていきますんで。起きたら」

「あり得るかぁ！　おれがちまりへの愛で負けるわけないだろうが！　いいだろ分かったよ、一緒に入ってやるよこうなったら！　足腰立たなくなるくらい論破されて、泣いて後悔するのはそっちだからな⁉」

「そう来なくては。では行きましょう」

「おうよ！」


と……振り返れば要するに、完全無欠にノせられ、引きずり込まれた形だった。

つまり状況的には劣勢ｏｆ劣勢！　おれ、明らかに不利！

「こほん……そもそもボクが何故ちまりに惹《ひ》かれたか、から話すべきですかね」

「ッ……」

それでもおれは、戦わなきゃいけない。彼女の話を聞いた上で、論破しなきゃいけない。

だから、話を切り出すと共にちょっと身体を動かした梢ちゃんの、その剝《む》き出しになってる腕がおれの腕に触れて——どれだけ柔らかくて吸い付いてくるみたいだと感じても、我慢するしかないんだ！

というわけで、歯を食いしばりつつ懸命に、牽制《けんせい》じみた相づちを打つ。

「こ、梢ちゃんとちまりは、2年になってからの付き合いなんだっけ？」

「いえ、入学したとき——1年からです。その間クラス替えはありましたが、同じクラスのままでしたし」

「ふ、ふーん、つまりウチの学校に入ってからずっと、ってことか……」

となると梢ちゃんの恋心は、ここ一、二ヶ月で芽生えた気持ちじゃなさそうだ。おそらく年単位で熟成されたものなんだろう。

（いやまあ、それを言ったらおれは、ちまりが産まれてきてくれたときからずっと、だけどなっ！）

　と、心のバランスを取り戻すために、とりあえず胸中で勝ち誇っておく。

「そうですね。なので兄妹である千晴さんには、付き合いの長さでは敵《かな》いません」

「っ……」

　じ、自分からそれを言ってくる！　どういうつもりだ――

「ですが、恋は付き合いの長さだけで決まるものではないでしょう。要はどう、付き合ってきたかです。違いますか？」

「それは……まあ、うん、そうだな……」

　おれとちまりはそれこそ、ちまりが産まれてきたときからの付き合いだけど、その間ずっと今みたいに恋仲だったわけじゃない。

　お互い、子供のころから意識し合ってはいた……から、むしろおれもちまりも、懸命に抑え込もうとしてた時期が長かったわけだし……おれなんか、高等部に進んだのを期に、家を出て距離を取ろうとしたくらいだし……。

　でも、そういう諸々があって、ラブラブの今がある。それは間違いない。

と、考えていたおれに、梢ちゃんは言葉を重ねてくる。

「千晴さんがいくら、ちまりが産まれたときからの付き合いだろうと……ちまりのすべてを見てきたわけではないですよね？」

「っ……そ、そんなことはないっ、同じ家で一緒に育ってきたんだから――」

「しかし年齢も性別も違うんですよ？　いつでもどこでも一緒だったわけではないでしょう」

「ぐ……そ、そりゃまあ、そうだけど……」

「ボクは同じ性別で、同じ歳《とし》で、同じクラスです。つまりボクは、千晴さんの知らないちまりを知っているという話ですよ」

――言い返せないッ！　確かにおれ、ちまりがクラスでどう過ごしてるかについてはまったくもって無知ッ……！

それこそ、一番の親友がこの梢ちゃんだってことすら、実際に会って紹介されるまで知らなかったくらいだし……。

ちまりとは昔からあんまり、お互いのクラスの話にならなかったんだよな。

双方共に『一緒にいられるこの時間がなにより嬉しくて大事』みたいなところがあるし、二人でいるとちまりは基本、その『嬉しい！』を兄《おれ》に伝えるのに夢中になってくれる、天使極まりない妹だけに……。

（だ、だから悔しくはない。悔しくはないぞ！　むしろこっちが勝ってるぞ！　おれと一緒に

いるときのちまりが一番可愛いに決まってるんだからなッ‼）

と、心中でこぶしを握って、自分に言い聞かせるみたいにしたものの……。

「………」

「クラスでの、ちまりはですね」

「っっ……うっ、うんっ、ちまりはクラスではどうなんだっ？」

結局おれは知りたさのあまり、ついつい前のめり気味にそう返してしまってた。

いや、でも実際気になるだろ！　自分がいないところで妹《こいびと》がどうしてるかとか！

――が、待て。ちょっと待ておれ、これは悪手《あくしゅ》だったかも知れないぞ⁉

「知りたいんですか？　ふふ～ん、知りたいんですね。ボクの気持ちを認めてくれるなら教えてあげてもいいですけどぉ？」

なんて、煽《あお》るみたいに上から目線で交換条件を出されたら、おれはもう劣勢どころの話じゃなくなる――

「いつも明るく元気で、誰とでも仲よく朗らかに話していますよ」

「………」

梢ちゃんはあっさりと、普通に教えてくれた。

い、いいんだ。出さないんだ、交換条件とか……。

なんて、ちょっと焦《あせ》るみたいに思ってしまっていたら。

「入学早々クラスで浮きがちだったボクにも、屈託《くったく》なく話しかけてきてくれました」

(うっわーっ目に浮かぶぅーーー……っ!)

続いた梢ちゃんの話に、速攻で夢中になって焦りなんて吹き飛んだ。

うんうんっ、ちまりはその辺コミュ力《りょく》高いというか天使力がありすぎるというか、とにかく誰に対しても偏見とか持たずに素直に接する最高の女の子だもんなっ。

「ま、まあ、そうだろうな、なんせちまりだ。つまりクラスでも、おれのよく知ってるちまりのままってことだなっ。みんなの愛されキャラみたいな──」

「一時期、そうでもなかったですけどね」

「……えっ?」

意外さのあまり、思わず梢ちゃんのほうを見てしまった。

……梢ちゃんは大きな胸を手で覆い隠しつつ、少しまつげを伏せた遠い目。

「最初に言ったとおり、ボクは入学早々から、クラスで少々浮き気味でした」

「それは……」

「まあ、こんな性格ですし、このとおりのアンバランスな体型ですしね。男子からはからかわれ……るのはともかく、女子からも、疎まれたりやっかまれたりしがちで」

そ、そうなのか……女の子同士は女の子同士で、そういうのがあるのか……。

──聞く限り、入学時点で梢ちゃんはもう、今みたいな感じだったんだろう。

つまり、目立つ。しかもそれをたぶん意にも介さない。マイペースな子だし。

だから周りの女子からすると……想像だけど、気にくわない存在だったのかも知れない。

「そんなボクにも、ちまりは当たり前のように、普通に接してくれたんです」

「……ってことは」

「おそらくご想像どおりです。そのせいでちまりも少しずつ、クラスの女子から排斥《はいせき》され始めました」

「そんな……」

ぎゅう、と胸が痛んだ。

知らなかった。そんなことがあったなんて。

じゃあ、ちまりはおれと笑顔で話している裏で、辛《つら》い気持ちを抱えてて……でも、それをおれには見せないようにしてて……。

「ですが、ちまりはそれでもボクに話しかけ続けてくれました」

「――――」

「だけでなく、立ち向かいました。懸命にクラスの女子に訴えてくれました」

「な、なんて？」

「梢ちゃんときちんと話もしてないのに、勝手な決めつけで変な見方しないで。梢ちゃんは自分をしっかり持ってる素敵な子だよ、だから私はもっと仲よくなりたいし、い、い、いい、みんなで梢ちゃんと仲よくしたい……と」

「…………………」

それは、なんともちまりだ……とまず、思いはした。自分が正しいと思ったことは、勇気を振り絞って言える子だしと。

──以前、風紀委員に毅然《きぜん》と言い返してたみたいに。

でも、正直。自分たち以外のクラスの女子全員を向こうに回して、そこまで言ってのけられるほど強い子だ、とまでは……おれ、思ってなかった……。

「その上で、ちまりはボクの手を引いて、立ち上がらせたんです」

「え、え？　どうしてだ？」

「思いっきり、抱きつかれました」

「……へ？」

「そしてまた、クラスの女子に訴えました。ほら、みんなも！　と」

「そ……それでどうなったんだ？」

「ちまりの勢いに負けたのか、みんなちまりに倣ってボクに抱きついてきました。そこでちまりは満面の笑みで言いました。ほら、思ってたとおりだった。梢ちゃんあったかくて柔らかくて気持ちよくて、なんだか嬉しくなっちゃうでしょ、と。自分自身がまず、嬉しくてしょうがないような顔で」

「…………」

「それを機に、ボクに対するやっかみも、ちまりへの巻き添えじみた排斥も、不思議なくらいにあっさりなくなりました。まとめれば……ちまりは力強く『クラスの輪』のようなものを作ってのけて、そしてボクもその中に入れてくれた、という話です」

「……………」

「なので今でも、1年のときのクラスメイトとは仲よしですよ。ボクももう、特に浮いたりはしていませんし……ちまりは2年になっても、変わらずみんなの笑顔に囲まれています」

何それ。何それ……すごいじゃないか、ちまり！

なんだかおれが誇らしくなってくる。ああ、知らなかった、ちまりがただ底抜けに可愛いだけじゃなくて、そこまでたいした子だったなんて！

「驚きましたか？」

「ああっ、驚いた！　そっか、ちまり、クラスじゃそんな……」

「でも、ちまりらしいと思うでしょう？」

「ああ、ああ！　おれが認識してた以上だったけど、でもちまりだよ、ちまりじゃなきゃそうはいかないっ……」

「ボクもそう思います。……今にして思えば、それがきっかけでしたね」

ハッ、とそこで我に返る。

自分の知らないちまりの話を聞かせてもらえて、ついつい盛り上がってしまったけど——それどころじゃないんだった。

おれは恋敵から、話を聞いているところなんだった。何がなんでも、彼女の想いを否定するために。

(でも、今の話……ひ、否定できるところがないっ……！　むしろ分かりみと共感しかないっ……！　確かにそんなことがあれば、ちまりのこと好きになって当たり前だ——)

と、思ってしまったものの……いや待て、待て待て待て、落ち着け由真千晴。

その『好きになって当たり前』は、男目線の感想じゃないか？

いや、ちまりを好きにはなるだろう。実際梢ちゃんは、その出来事がきっかけでちまりを好きになったんだろう。

けど、それは女の子である梢ちゃんが、同じ女の子のちまりに恋をする……までの『好き』じゃないんじゃないか？

(うん、これだ！　つまりこういうことだ、『梢ちゃんは好意と恋をごっちゃにしてるんじゃないか？』——って論破できるっ！)

グッと力強く拳《こぶし》を握り、おれは勢いよく彼女に向き直った。

「梢ちゃん！　おれが思うにそれはっ——」

「はい、あくまできっかけです。ボク、このとおり冷めた性格なので、別に惚れっぽくはないですし」

「………」

さ、先回りで潰《つぶ》されたっ……！

これはいける！　という勢いの反動で、たじろぎながら少しのけ反ってしまうおれ。

そこに梢ちゃんは、光を宿した目を向けてきて。

「ですが確実に、ボクはそのきっかけから、ちまりをどんどん人、、、として好きになっていきました」

「お……おう……ひ、人として、な？　うん、そこは履き違えちゃいけないよな、うん……」

「そして今はもう、恋をしています」

「ちょっまっ、なんか話が飛んだ、飛んだぞっ……!?」

「だけでなく、憧《あこが》れのような目で見てもいます」

「あ、憧れ？　それってどういう――」

「1年生の終わりのころ、恋に落ちる、決定的なひとことを言ってもらえたんです」

「だからどんなっ――」

「私、梢ちゃんに憧れてるんだ！　と」

「――」

「梢ちゃんみたいに、女らしくなりたい。頭がよくて、落ち着いてて余裕がある子になりたい。

背はあんまり変わらないのに、梢ちゃんはすごく、心も体も大人っぽいから……憧れてるの、大好きなの！　と」

……ちまりが心底嬉しそうな満面の笑みで、そう言ってる光景はすぐ頭に浮かんだ。

素直に素直にまっすぐに、思ってたことをそのまま伝えたんだ、というのも想像はできた。

けど……梢ちゃんにそこまで言う、ちまりの気持ちまでは理解しきれなくて……。

――そう。たぶん、男のおれには。

などと、呆然《ぼうぜん》としてしまったおれの一方……。

「……決定的でした」

梢ちゃんは少し目を潤ませ、頬《ほお》を上気させながらささやく。

「自分が、ちまりのような子に憧れてもらえるなんて」

そう……まるで恋する乙女そのものみたいに。

「そもそも、誰にでも言えることじゃありません。同性の相手を認めるということは、一般的に、女子にとって一種の敗北なんです。敵う相手じゃない、歯が立たない、そう思ったら……普通は距離を取るんです。自分を守るために。劣等感に支配されてしまわないように」

「そ……そういう、もんなのか……」

「ですがちまりは違いました。ボクに、憧れてくれました。それも、『敵わないから』でも『歯が立たないから』でもなく……」

「う、うん……」

「……自分を否定せず、劣等感を抱くわけでもなく、ありのまま、のちまりでボクが好きだと言ってくれたんです」

ほう、と梢ちゃんはそこで息をついた。

熱く甘い、それはまさに『恋の吐息』だと、本能的に分かった。

「それが……すごく嬉しかったんです。その嬉しさが、恋になったんです。ああ、ボクもちまりのようにありのままの自分でいたい。そう思わせてくれたこの子が、自分はたまらなく愛《いと》しい……と」

「こ……梢ちゃん……」

――思ってしまった。気づけば、認めてしまってた。

おれが知らない、同性の友達だからこそ分かる、ちまりのよさがあるんだと。

そして、この子はそれを見つけられた。引き出せたんだと……。

――さっき、『認めることは一種の敗北』と、彼女は言ってたけど。

（負けた……っていう悔しさとか、苦々しさは……全然ない……）

むしろ、高揚感があって、身体がムズムズして……。

これ、風呂に入る前にも少し覚えた。そのときは懸命に、打ち消そうとしたけど……。

今はもう認めてしまえる。

（おれ……『嬉しい』んだ……梢ちゃんがこういう子で、なんか嬉しいんだ……！）

しかもそれだけじゃない。

嬉しさと一緒に込み上げてきたのは――そう、彼女に対する敬意だった。

（おれとは違う形で、ちまりと向き合って……おれが知っていたのとは別の、ちまりのよさを見つけられた子なんだから……）

同じくちまりを愛する者として、それは尊敬に値する。値してしまう。

だから……ああ、もう！　なんだこの気持ち！

じっとしていられないような、言葉が溢《あふ》れてくるような……。

「おれのきっかけの話も聞いてくれ！」

気づけば、おれは飛び上がるようにそう切り出してしまっていた。

「は……はい」

梢ちゃんは少し目を丸くし……だけど。

「聞かせてください。いえ、聞きたいです」

頷いて、そう言ってくれた。

まるで今おれの中にある気持ちが、共振したみたいに、素直に。

「っっ……ああ！　あのな!?　あれはまだおれたちが幼稚園に通ってたころのことなんだけど っ……」

と――そうしておれはそのまま、おれが実妹《ちまり》に恋するに至った話を、熱っぽく、ありったけ語ってしまった。

もはや梢ちゃんがバスタオル一枚だけの、無防備にもほどがある姿なのも、意識することすらなく……。

――きっとこの子なら分かってくれると。

おれは分かった。だから君も分かるよな⁉ と……。

「――だからもう、天使かよ！ 守ってあげたい！ ってなったんだよ！」

本当に一気に、語ってしまった。

「…………」

すると梢ちゃんは顎《あご》に手を当て、おれの話をきちんと咀嚼《そしやく》するみたいにしばし、まつげを伏せて……。

顔を上げると、光を宿した眼でまっすぐおれを見て、頷いた。

「それは好きになりますね。ボクでもなります」

「っっ……だろぉ〜っ⁉」

「なるほど、そんなことがあったんなら、千晴さんとちまりが強い想いで結ばれているのも分かります……」

「おれも分かる！ そんなことがあったんなら、梢ちゃんもちまりが好きになるよな！ いや、すごいよ梢ちゃんは、ちまりにはそんな美点もあったんだな！　梢ちゃんだから分かったんだな！」

「ち……千晴さん」

一瞬、戸惑うように視線が揺れる。

けれどすぐに、またまっすぐに見つめてきて。

「ち……ちまり、まだ胸が小さいことを気にしているくせに、でも千晴さんが女の子として見てくれているのならいいやと、結局気にし切れてないところ……可愛いですよね？」

「可愛い！　分かる！　結局ちまりってまず『相手のことが大好き』が先に来るんだよなっ」

「わ、分かります！　そこがまさに、ちまりのちまりらしさの神髄のようで、愛しくてたまりません！」

「上手《うま》いこと言うなぁ、ちまりらしさの神髄かぁ……そうだよな、ほんとそうだ、分かる分かるめっちゃ分かる」

「ほ、他にもあります！　たとえば――」

「おお、それいい、最高！　あとはさ――」

「ああ、それはたまりません！　それと――」

――気がつけばお互い、夢中だった。夢中になってた。

だって自分の思うちまりのよさを挙げれば、全力の同意と共感が返ってくる。

そんなこと、今までに一度たりともなくて。

だからそれが嬉しくて、気分が高揚して……。


……そして朝になった。

「ん、ん……ふあぁ、寝ちゃってた～……」

ちまりがいつもの時間に自然と目を覚まし、ベッドの上で身体を起こして伸びをする。

そしてきょとんとした。

「あ、あれ？　お兄ちゃんのベッド……しかも制服のままっ……お、お兄ちゃんっ、ちま昨日っ――」

「うん、おはよう。あのまま寝ちゃったんだよ」

「そ、そうだったんだ、なななんかごめんねっ……って、いうか……」

こちらを見て、ちまりはきょとんとしたまま首をかしげる。

「……なんでお兄ちゃんと梢ちゃん、並んで床に座ってるの？」

「ああ、それは――」

「一晩、ちまりの寝顔を見ながら、ちまりの話で盛り上がってしまいまして」

「…………………へっ⁉」

どういうことぉ⁉　みたいにちまりはベッドの上で飛び上がる。

が、そんなさまに、おれと梢ちゃんは顔を見合わせて、

「あの飛び上がりかたが、なんともたまりませんね千晴さん」

「うんうん、全身で驚くの、可愛いよなぁ」

「ええまったく……可愛すぎでしょう……」

「そもそも『なんで並んで座ってるの？』なのがいい」

「ありますね。自分のお兄さんが、自分以外の女の子とそうしているというのに、妬《や》かない」

「おれも梢ちゃんも信頼してもらえてるんだよなぁ、ってすげー分かる」

「ちまりの信頼は無垢《むく》なんですよね」

「性根が底抜けに綺麗《きれい》なんだよな。うん、ほんと、つくづく天使みたいだよ」

「天使ですね……最高ですね」

「最高だな……」

と、思いっきり（引き続き）、話し込んでしまう。

そんなおれたちに――

「や……やあぁ、やめてやめてやめてなんかそれすごい恥ずかしいいいぃ～～～～～～っ！」

がばぁ！　とちまりは耳まで赤くなった状態で、布団をかぶり直した。

その上で、思いっきりジタバタ。全力で恥ずかしがっていた。

「「…………………」」

おれと梢ちゃんはどちらからともなく、顔を見合わせた。

「いいですね、これも」

「いい。すごくいい」

「握手しましょう」

「だな」

——この可愛さは、おれたち二人の成果！

とばかりに、ガッチリ握手を交わした。

「もおぉ、なんだったの昨日、なんなのこの展開ぃ〜〜〜っっ！」

そこでちまりの、布団越しの叫び。

「…………」

梢ちゃんは珍しくはっきりと、きょとんとした顔になり……。

（…………あれ？　言われてみれば……）

と、おれもそこでようやく、この状態のおかしさに気がついた。

「「っっ」」

瞬間、どちらからともなく、ぱっと手を離すおれと梢ちゃん。

「「…………」」

気まずく視線を交わし、そしてまた、どちらからともなく逸《そ》らし合った。

梢ちゃんを論破して、告白を撤回してもらおうと思ってたはずなのに……。
（──どうしてこうなった？）
いや、気づけば自然と、だったんだけど……。
そしてたぶん、梢ちゃんも同じようなことを考えてるんだろうけど……。
どうあれこうなってしまったら、もうお互いに、相手の想いを否定できないじゃん。
つまりおれからすると、梢ちゃんを論破することはもう不可能なわけで。
（つっ……何やってんの、おれ！　どうすんだよ、これぇーーーーっ!!）
昨日とは同じようで違うふうに、心の中で叫んでしまうおれだった……。

第二章 もう、どうしようもありませんよね？

「えへへぇ、でもよかったぁー。お兄ちゃんと梢《こずえ》ちゃんが仲よくなってくれてっ。ん～っ♪」

ソファに並んで座ってるおれに、笑顔でツインテールを握りながら、ぐいぐい身体《からだ》を押しつけてくるちまり。

あれから数日が経《た》って、木曜の夜になっていた。

ただいまおれたちはちまごはんを食べ終えて、二人でまったり食後の時間……というか、二人きりのプライベートタイム《イチャイチャ》を満喫していたところ。

「今日も二人で、ちまのこと褒《ほ》め殺して……だからちま、今日もいっぱい、あわあわしちゃったけど……」

と、ちまりはもはやおれにぴったり密着した状態で……。

「それだけ、お兄ちゃんと梢ちゃんが意気投合してくれてるーってことだもんねっ」

「まあ……うん……」

「……お兄ちゃん。ちま、ちゅーしたい」

「唐突！」

「だって……嬉《うれ》しいんだもん。嬉しいから……お兄ちゃんのちゅーで、もっと嬉しくなりたい……嬉しく、してほしい……」

「……ちまり」

「それに、今は二人っきりだもん。二人っきりのときなら、こういうおねだりしてもいいんだもんね……？」

大きな瞳《ひとみ》が、少しずつ潤みながらおれを見上げて。

「みんなにはナイショだけど……ちまは、お兄ちゃんの妹《かのじょ》なんだもんっ……」

「っ……」

世界で妹にしか為《な》し得ない的確さで、兄のハートを撃ち抜いてきた。

「ああ、ちまりっ……」

「ん、ぅっ……んふっ、んんぅ、おにいひゃ……ちゅ……」

そりゃ、こんなの応《こた》えるに決まってる。応えて思いっきりキスする以外になかった。

するとちまりはふるふると、もう叫び出したいくらいに可愛《かわい》らしく震えながら、おれの首にぎゅっとしがみついてきてくれる。

「んんぅ、ちゅちゅ、うれしひ、しゅき、おにいひゃんらいしゅきぃ……っ」

まるでおれとのキスを、全身で喜んでるみたいな反応。

……いつだって、おれを愛《いと》しさで夢中にさせてくれる喜びよう。

「んぅん、ちゅくっ……んふぁ、しゅごひ、んむぅんっ……おにいひゃんのきしゅ、しゅごひよぉっ……しゅごく、なったぁっ……えへ、えへへへぇ、んんぅ、ちゅっ……♪」

そうしてキスが濃くなれば、ますますちまりは喜びをあらわにし、ひたむきにおれの唇をついばんでくれるんだから……。

おれたちの交わすキスは、いつだって最後には、甘い無限ループに陥《おちい》る。

——世間一般的には、いけないこと。だけどおれたちにとっては、当然で自然なこと。

むしろ、自分たちは兄妹だからこそ、こうなんだ……なんて、世界で二人だけが共有できるその感覚でもって、おれたちのキスは唇が腫れぼったくなっても続いて……。

「は……ぁ……」

だから終わったときには、ちまりはもう全身の力が抜けきってへにゃへにゃで。

「おにい……ちゃん……♪」

そして、そんな状態で浮かべてくれる笑顔が、おれは正直一番可愛いと思ってる。

なんていうか……目はウルウルで、顔中火照《ほて》って少し汗ばんでて、へにゃへにゃで、とろとろで……だけど輝くようで。そう。簡単に言うなら。

これはちまりの最高潮の『お兄ちゃんしゅきしゅき顔』なんだって、胸が苦しくなるくらいに分かるから……だった。

「……うん、大好きだぞ、ちまり」

だからおれも最高潮の愛しさを噛《か》みしめて、微笑《ほほえ》みと共に愛の言葉を贈る。

「〜〜っ……お兄ちゃあんっ！」

するとちまりはすぐに力を取り戻し、改めてガバッと抱きついてきてくれるから、ますます、つくづくたまらない。

なのでキスが終わっても、いや、キスが離れたからこそ、全身を重ね合い続けるおれたちだった。

そんな、おれたちだけの甘いひとときのさなか——

「……ずっとこうだったらいいのにね」

ふと、ちまりはささやいた。

かと思うと、おれの胸板に押しつけていた頰《ほお》を離し、喉《のど》を伸ばすみたいにして見上げてくる。

「お兄ちゃんとちま、二人っきりのときは、思いっきりラブラブで……」

「うん……今みたいにな」

「それで、……三人のときは、仲よしで」

「………」

そういえばそういう話の流れだった。キスと抱擁でちょっと吹っ飛んでた。

「ねっ、お兄ちゃんっ」

「ま……まあ、な……」

素直で屈託《くったく》がないちまりの一方、おれはどうしても、ぎこちなくなってしまう。

（いや、だって。ちまりは『仲よし』って簡単に言うけども……いやいや、ちまりはそれでいいんだけどもっ……）

おれからすると――と、数時間前までの状態。梢ちゃんが一緒だったときのことを思い返す。

（今のおれたち三人……というか、おれとあの子の間の空気感は……）

――言わば、自縄自縛《じじょうじばく》の膠着《こうちゃく》状態ってやつだった。

結果としてなんか認め合う同志みたいになってしまったおれと梢ちゃんは、以後、ちまりを含めた三人で過ごすことが増え……。

その中であの朝と同じように、二人がかりでちまりを照れさせ、二人でまた握手を交わしたりなんかも気づけば度々してしまってて……。

つまりお互い全然、恋敵《こいがたき》にぶつけるにふさわしい、牽制《けんせい》やらマウントやらをしない間柄になっていて。

おれたち二人がそんなだから、ちまりも『あの夜のことはいったん置いておいて』的に一時棚上げしたようで、とりあえず三人で普通に過ごせるのを素直に喜び、楽しんでて。

……だから表面上は平和そのものだった。

だがしかし、梢ちゃんがちまりに恋心を抱いていることが変わったわけではなく、おれがそれを許容できるはずもないこともまた、変わりはなく……。

とはいえ、もう梢ちゃんの想《おも》いを否定不可能になってしまったおれとしては、向こうからラインを越えてこないことには何もできない。

それが分かっているのか、梢ちゃんもちまりに、アプローチをガンガンかけるようなことはしてきてない。

諦《あきら》めてないけど、お互い動けない。

だからこれはやっぱり、膠着状態と表現するべきで……。

——でも、おれは身をもって知ってたはずだった。

そういうところで、さらっと爆弾を投げ込んでくるのが、梢ちゃんという女の子だと——

「「「「ちょっまっっ………えええええええええええええぇぇーーーーーーーっ!?!?」」」」

日が変わって、あの告白からちょうど一週間。

金曜の夕方のたまり場《ウチ》は、常連連中の悲鳴じみた叫びで文字通りに揺れた。

何故《なぜ》かというと、玄関……。

「今日は特別ゲストを連れてきました」

と、いつもどおりの顔つきの梢ちゃんと……その隣の人物。

小柄な梢ちゃんやちまりよりさらに背が低く、だけど鋭く威圧的な雰囲気を漂わせた、冷たい三白眼とへの字口の……女子の、先輩……。

「邪魔をする。鹿宮紫子《かのみやゆかりこ》だ」

――永久凍土の風紀委員長!!

ぶわっと一気に冷や汗が出た。

なんで⁉　とにかくマズい!!　と反射的に思ってしまった。

だってこの人、おれたち兄妹の天敵みたいな人だぞ⁉

元々誰にもバレちゃいけない恋愛をしてるおれたちだけど、その『バレちゃいけない度』でいったら間違いなくトップランカーの一人。

あの忌《い》まわしい校則第二十一条《不純異性交遊禁止令》を振りかざして違反者を取り締まってる、我らが杏志館《きょうしかん》学園で悪名高き、風紀委員会のボスなんだから――!!

「…………ふむ」

そんな彼女はさらに鋭い目つきで、ぐるりとウチの中を眺め回して、

「なるほど、これは確かに『たまり場』だ。風紀的に見て、あまりよい環境とは言えんが」

ボソッとつぶやき、腕を組んだ。

その手には、いつも学校で持っている縄？　ロープ？　的なものが、束《たば》ねられた状態で今も下がっていて……。

「っっ……お、俺《おれ》、今日はこの辺でおいとましようかなっ……！」

「あっ、お、俺も！　悪い由真《ゆま》、そんじゃまたっ……！」

みんなは焦《あせ》った様子で次々に立ち上がり、逃げるみたいに続々とウチを出て行った。

……そりゃそうだよな。たとえ何も悪いことをしてなくても、この人の前にはなるべく居たくない。少しでも下手なことしたらあの縄で捕らえられて、生徒指導室や反省室に連行されるんじゃ……って、どうしても思ってしまうし。

その上で、『風紀的に見てあまりよい環境とは言えない』とか言われちゃったら、あ、ヤバい！　逃げなきゃ！　ってなって当たり前だ。

（……というかまずおれがちまりを連れて逃げたいし！）

いや、ここウチだから逃げ場はないんだけど――

「ほ～ん……ここまで人数減っちまったら、やれることも減ってつまんねェな。仕方ねえ、オレも今日はおいとますっかァ」

「む、宗《むね》くんも帰っちゃうの？」

「残っても面白《おもしろ》くはなさそうだしな、悪ィけど。ってわけで千晴《ちはる》にちま子ちゃん、またな～。風紀委員長さんと泊《とまり》ちゃんはごゆっくり～」

って……ああっ、宗茂《むねしげ》まで！　お前は残ってくれると思ってたのに！

「あ、やっ……な、ならわたしも……」

「み、未結花《みゆか》も帰っちゃうのか!?」

「だってなんか落ち着いて本読んでられなさそうな感じになっちゃったしっ……なんか怖いしっ……だからごめんね、ごめんねちーくん、ちーちゃんっ……！」

み……未結花ァーーーッ！　マジで行っちゃったしぃーーーーーーッ!!

いや、まあ。未結花はここに本を読みに来てるんだから、それが難しそうなら帰るって言われたら引き留められないし……そもそも未結花だけ残ってくれたとしても、基本気弱で引っ込み思案なやつだから、何ができるってわけでもないだろうし、いいっちゃいいんだけど……。

それでもちまりと二人だけで取り残されてしまうと、なんていうか心細さが半端《はんぱ》ない！　味方ゼロ、みたいな！

「……あっという間に四人になってしまいましたね」

「私が忌避《きひ》されてのことだろうな。まあ、この手の反応には慣れているから問題ない」

梢ちゃんと視線だけ合わせ、ふん、と息をつく風紀委員長さん。

自分が来たから人が引けていった、というのは分かってるらしい。それでもまったく動じないのが、ある意味さすがではあるけど……。

「こ……梢ちゃん、どうして風紀委員長さんを……？」

とにかくそれは聞かねばならないと、なんとか声を絞り出した。

いや、だって、唐突な爆弾投下にもほどがある。いったい何を考えて、わざわざこんな危険な人を連れてきたのか——

「待て。その前に」

おれの問いかけに、先に応えたのは風紀委員長さんのほうだった。

威圧感がビームみたいに放射されてるその視線に射すくめられ、ガギンッと固まってしまうおれ。

「は、はい、なんでしょうかっ……」

「今は放課後、ここは学外だ。従って私は現在、単なる『鹿宮紫子』でしかない。先ほども呼ばれたが、『風紀委員長』は適切ではないな」

「…………………は、はぁ」

つ、つまり今は、風紀委員として振る舞うつもりはない……ってこと？

（だとしたら、そこまで警戒しなくてもいい……のか……？）

「じゃ、じゃあ、えっとえっと、遅ればせながらようこそです、鹿宮せんぱいっ」

おれより一足早く緊張の解けたちまりが、ぴょこんと跳《は》ねて（可愛い）ご挨拶《あいさつ》。

すると風紀――いや、鹿宮先輩は重々しく頷《うなず》いて、

「うむ、その呼びかたでよい。オンオフはきちんとすべきだからな」

やっぱり、そういうこと……『今はオフ』ってことでいいらしい。

そうか、そうだよな。思い返してみればこの人、決して話の分からない人じゃないもんな。

（怖いし厳しいけど道理は通すというか……なんだかんだでこっちの言い分も、ちゃんと聞い

てくれたし……この前捕まったときだって、結局は無罪ってことに持って行けたんだし……うん、だから必要以上に恐れるな、おれ！）

と自分を奮い立たせて、ちまりに続いて遅ればせながら頭を下げた。

「い、いらっしゃいです鹿宮先輩っ。急だったし意外だったもんでビックリしちゃって、反応遅れちゃってすみませんっ」

「こちらこそ、先日は濡《ぬ》れ衣《ぎぬ》を着せようとしてしまって申し訳なかった」

こく、と鹿宮先輩は小さく頷いて応え、そう言ってくれた。

ああ、やっぱり必要以上に警戒する必要はない。このとおり、道理に外れたことはしない人なんだから――

「――しかしだ」

「っっ……は、はいっなんでしょう！」

この眼光にはどうしても、緊張させられてしまうけども！

（し、しかし、なんだ⁉　地雷踏んだりしてないよな、おれっ……！）

またしても冷や汗を掻《か》いてしまいつつ、自分の言動を頭の中で振り返っていると、

「いまさらだが、私は上がってしまってよかったのか？」

続いた鹿宮先輩の言葉は、極めて常識人的なものだった。

「ここの主《あるじ》である君には、私の来訪を拒む権利がある。私が来たせいで、元々ここにいた友

人たちが帰ってしまったこともあるしな」

「あ、ああ、いえ、まあ……みんなは先輩の顔見ただけで帰るとかむしろ失礼っていうかですし、おれ的にはお帰りいただく理由は特にありませんし……?」

先輩の態度が常識的な以上、おれもそう、常識的に応えるしかなかった。

というか、ここで「いえよくないです迷惑です」なんて言ったら、それこそ地雷踏みに行くようなもんだしな……。

「そもそも千晴さんのお宅は『たまり場』ですからね。来る者拒まず、でないと成り立たないはずです」

「ふむ、そうか。ならばよいが」

梢ちゃんの補足を受けて、今度は大きく頷く鹿宮先輩。

「では改めて、邪魔をする。由真兄」

「は、はい……じゃあまあ、いつまでも立ち話もなんなんで、とりあえず座ってください……」

「の、飲み物も用意しますね！　ちょっとお待ちください、いってきま～すっ」

「そうか、痛み入る。由真兄妹」

「「いえいえいえっ……」」


というわけでソファに座ってもらい、ちまりが淹《い》れてくれた紅茶（さすがに相手が相手だけに、ペットボトル飲料を出すのはマズいと思った模様だ。相変わらず気が回って可愛い妹である）のカップを四人で傾ける。

「「「「…………」」」」

その間、一切《いっさい》の会話なしっ……！

だから非常に落ち着かないけども……いや、うん、正直まだ頭が追いつききってないし、こっちからどう話を切り出していいのかよく分からないし。

（というか、口を開いたらまず梢ちゃんに、「どういうつもりだ」的なことをぶつけちゃいそうだしな……しかしそれを鹿宮先輩の前でしちゃったら、マジでやぶ蛇になりかねない……うーむ……）

って、考え込みつつ紅茶を傾けていたら、速攻で飲み干してしまったじゃないか。

し、しまった、これじゃさらに間がもたない！　どうする、覚悟を決めてこっちからなんか切り出すしかないのかっ……⁉

と、いうところで。

「えっと、あの……聞いていいのかな梢ちゃん、どうして今日は鹿宮せんぱいを連れてきたの？」

ちまりがちょっとおずおずと、だけど素直に切り出してくれちゃった。

も、申し訳ないけどナイスプレイ！　ちまりならおれが聞くより角《かど》が立たない気がする！

「うむ」

ちまりの問いに、先に反応したのは何故か鹿宮先輩のほうだった。

意外なくらいに上品にティーカップを置くと、隣の梢ちゃんを睨《にら》むように見据《みす》えて、

「それは私も聞きたい。そもそも私は今日、何故ここに呼ばれたのだ？」

「え？　ど、どういうことですか？」

何その質問？　と、おれもさすがに口を挟んでしまう。

すると鹿宮先輩は、今度はおれをその鋭い三白眼で見据えて、

「彼女から住所を伝えられ、建物の前で待ち合わせようというだけだったのでな」

「え、えっと……梢ちゃん？」

おれもちまりも、梢ちゃんに視線を向ける。

すると彼女はちびちび紅茶を飲みつつ、まったくもっていつもどおりの淡々とした調子で、

「まあまず、ゆかりんとはしばらく、ちゃんと会ってなかったことですし、というのがありまして」

「「……ゆ、ゆかりん？」」

と、揃《そろ》ってきょとんとしてしまうおれたち兄妹。

それを見て取ったか、鹿宮先輩は自分を指さして、

「私のことだ。我々は母方のいとこ同士でな、昔からそう呼ばれている」

「「えええっ⁉」」

と、おれたち兄妹はまたしても揃って、今度は驚いてしまったけども……。

（た……確かに言われてみればこの二人、微妙に血のつながりがある感じ、するっ……！）

体型こそ爆乳とつるぺたと正反対だけど、背丈自体は二人とも平均よりずっと低いところとか、基本的に無表情なところとか、言葉遣いが一般的じゃないところとか、方向性は違うけどマイペース……というか、自分だけの論理とテンポ感に従って迷いなく生きてるっぽいところとか！

「まあ、ゆかりんの噂《うわさ》は校内に常時鳴り響いていますから、相変わらずであることは分かっていましたけども」

「うむ、変わりない。そちらも息災なようでなによりだ、こずこず」

こずこず！　と今度は顔を見合わせてしまうおれたち兄妹。

こちらは梢ちゃんのことだとすぐに分かったけど、あの『永久凍土の風紀委員長』がそんな愛称を口にするとは！　みたいな衝撃がすごい。

「おかげさまで両親含めて。そちらはどうですか、ゆかりん」

「痛み入る、こずこず。同じく変わりはない」

「両家、共に平和でなによりです。ぴーす」

「うむ、なによりだ。ぴーす」

衝撃が冷めやらないおれたちをよそに、いかにも久々に話した親戚同士らしいやりとりをしてる二人だけども……。

（とりあえず、無表情なまま淡々と可愛い愛称で呼び合ったり、ピースサイン交わしたりするの、面白いからやめてもらえませんかね……⁉）

ちょっと空気読めないっぽく、噴き出しそうになってきちゃったから！

「ぷっ……あはっ、あははははっ！　鹿宮せんぱいも梢ちゃんも、いとこ相手だと普段とちょっと違うんだねっ」

ちまりはこらえられず笑い出してしまったけど、ちまりだから許されるはずだ。素直なリアクション、可愛い以外ないし。

そんなちまりに梢ちゃんも、ようやく紅茶を飲み終えたらしくカップを置きながら、小さく首をかしげる。

「ボク、普段と違いますか？」

「うんっ。だってちま、梢ちゃんから『ちまりん』とか呼ばれたことないし」

「それはちまりが気安い親戚ではなく、恋愛対象だからですよ」

「え、ちょっ……⁉」

またしてもさらっと、かつ唐突に投下された爆弾に、おれは思いっきり狼狽《ろうばい》させられてしまった。

そ、そんなこと風紀委員長さんの前で言っちゃっていいの⁉　いやよくないだろ！　どう考えてもマズいだろ！

「…………」

ほら！　鹿宮先輩、途端にスッと目を細くしちゃったし！

「い、いえっその鹿宮先輩っ！　今のは梢ちゃん流の悪いジョークってやつでッ」

もう慌《あわ》てて立ち上がって遮《さえぎ》って、あせあせとフォローするしかなかった。

って、なんでおれがフォロー入れてるんだろうな⁉　恋敵の自爆発言に！

なんて内心で自分にツッコんでると――

「ジョークなのか？　こずこず」

「ボクがこの手のジョークを言う人間だと思いますか？　ゆかりん」

「まったく思わん。つまり、言葉どおりに解釈してよいのか」

「はい。ボクは今、彼女――ちまりに恋をしています。先日、付き合ってほしいと告白もしました」

「……ふむ」

ちょっ、まっ、待って？　ちょっと待って待って待って？

「そしてボクの恋はいわゆる横恋慕です。なにせこの二人、兄妹ですが、お付き合い、いをしていますので」

「だからちょっと待ってってえええええええええぇッッ!!!!!!!!」

今度はもう、口からツッコミが飛び出してしまった。

な、な、な、何を言ってくれちゃってんの⁉　何さらっと暴露してくれちゃってんの⁉

(同じいけない恋をしている同士、他《ほか》の誰にも明かさないし明かせない……そこだけは絶対、一緒だと思ってたのにっ……)

「…………………」

そして目を見開き、真っ赤《まか》になってのけ反った状態で固まってたちまりは……。

「こ……梢ちゃん、お兄ちゃんと意気投合して、仲よしになったから……あの告白はなし、ってことになったんじゃなかったんだ……」

……どうやらちまりの中では、いつの間にかそういうことになっていたらしい。

衝撃の展開が続いたあとに平和的な一週間があったせいで、頭が追いつかないままそう解釈してしまった——あるいは衝撃が大きすぎて、認識を自分に都合のいいように、無意識下で改ざんしてしまってたのかも知れない。

だとしたら、ここでこんな形で蒸し返されたショックは、おれの比じゃないだろう。

くっ、こんな可愛いちまりになんてむごいことをするんだ、梢ちゃんっ——

「はい。ボクは一向に諦めていませんし」

ほんとこの子マイペースというかゴーイングマイウェイだな！　表情も変えずに普通に返し

てきたよ！

「ですが、千晴さんと意気投合してしまって、下手に動けなくなったのもまた事実です。なのでどう手を打つべきか、この一週間で考えて……ようやく思いついたのがこのとおり、ゆかりんの招聘《しょうへい》というわけですよ」

「だ、だ、だ、だからなんでそうなるんだよ！」

「今の我々は膠着状態のようなもの。違いますか？　千晴さん」

「そっ……それは、そのとおりだけど……」

っていうか、梢ちゃんもやっぱりそう感じてたんだ。

けど、その状態で手をこまねいていてただけのおれとは違い……。

「なればこそ、ここは客観的かつ公平なジャッジが必要でしょう」

……他の手を考えに考えて、今日こうして、ビシッと打ってきた。

つまり、攻めの姿勢は一切崩してない。

そりゃまあ、そもそもが横恋慕な以上、ひたすら攻め続けるしかないのは分からないでもないけど……。

「じ、ジャッジって……？」

ああ、なんか猛烈にイヤな予感がする！　こっちはすでに思いっきり狼狽させられてるだけに、聞きたいけど聞きたくないようなっ……！

「正当性といいますか、客観的かつ公平に見て、どちらが許される恋かという話です」

梢ちゃんはまったくもっていつもと変わらない、淡々とした調子でそう答えたかと思うと、隣の鹿宮先輩に視線を向けて、

「ゆかりん。あなたとボクはいとこ同士という関係ですが、だからといって持ち前の冷静さと公平さは、揺るぎもしませんよね？」

「それを求められて呼ばれたのならば、私は誠心誠意応えよう。こずこずをひいきして判断したりはしない」

「結構です。では聞きますが――」

鹿宮先輩の威圧的な三白眼にひるみもせず、すっ、と指を一本立てて問いを発した。

「不純であろうとなかろうと、同性交遊を取り締まる校則はありませんよね？」


「――――ッ!?」

おれは一瞬虚を突かれ、そしてすぐに歯噛みした。

……そういうことかッ!!

「確かにないな」

鹿宮先輩は頷き、端的な言葉で認めた。

なにせ、この人は風紀委員長。校則違反を取り締まる組織をまとめてる立場。

だから校則第二十一条——当校の生徒は不純異性交遊を固く禁ずる——が適用されるかどうかの、言わば判断基準の化身みたいな人なわけで。

「ふ……そういうことですよ、千晴さん」

その人に『自分の恋は取り締まり対象外』と明言してもらえれば……。

「つまり！　ちまりとボクが付き合っても、何も問題はないということです！」

そりゃ、立てた指をビシッとこちらに突きつけ、勝ち誇りもする！

おれはたまらず、ソファに沈み込むみたいに腰を下ろしてしまう。

だって、つまり今のは同時に——

「だっ……だったらちまたちの恋も大丈夫ですよねっ？　異性っていうか兄妹だしっ……」

「兄妹であろうと、男女、つまり異性同士であることに変わりはない」

ちまりの前のめりの問いかけに、鹿宮先輩はやはり端的に、切り捨てるように答える。

「不純な交友関係にあるならば、必然、校則第二十一条の違反に当たる」

「あ、うっ……」

それ以上、何も言えなくなるちまり。

——そう。梢ちゃんの打ってきた手は、自分の恋は校則的に問題ないから後ろ暗いことなく付き合える、だから自分に乗り換えたほうがいい、という攻めの一手でもあり——

同時に、校則的に問題がある付き合いをしてるおれたちの反論を、鹿宮先輩という正当性でもって封じる一手でもあった。

（一週間、水面下でひたすら考えてただけのことはあるっ……やってくれた、どうする、このままじゃおれたちっ……！）

言い訳すらできないまま、鹿宮先輩に取り締まられる展開に——

「……しかしだ、由真兄妹」

「「ッッ」」

そこでまさにその鹿宮先輩から威圧的な三白眼を向けられ、揃ってビクッと硬直してしまうおれたち。

——終わりなのか？　これでもう、おれたちの仲は強制的に終わらせられちゃうのか⁉

それもこれも全部、梢ちゃんに付き合ってることを悟られてしまったからだ。隠し通せなかったからだ。おれたちだけのナイショの関係を、貫けなかったから——

（ああ……茨《いばら》が……もう、掻き分けられないくらいに……）

おれたちの行く手を阻み、それどころかミシミシと音を立てて絡《から》みつき、その鋭い棘を突き立てながら縛り上げてきて……。

（ちまりと……引き離して……引き離されて……いく……）

そんな光景を、幻視せざるを得なかった——

ところで。

「すでに言ったとおり、今の私はオフだ」

と、鹿宮先輩がよく通る声で、念押しするみたいに言った。

「「……………え？」」

「今、何を聞いても、風紀委員としての行動は取らないという意味だ」

「「────」」

つまり、この場でおれたちを取り締まることもない……？

じゃあ……た、助かった……のか……大丈夫ってことか!!

「ち、ちまりっ」

「お兄ちゃんっ！」

安堵《あんど》のあまり、思わず勢いよく顔を見合わせてしまった。

「……だが、心しておけ」

そこに再び、先輩の三白眼がぎろっと向いた。

そして左手をゆっくり持ち上げ……鋭く振るった。

ヒュバッ、バシュルッ！　と身がすくむような音が響いた。

先輩の手から奔《はし》った縄が、テレビボードのところに残されてた、誰かの飲みさしのペットボトルに勢いよく巻き付いた音だった。

「もし仮に、学園で少しでも、今聞いたような関係性を見せたならば……」

その迫力に圧倒されて身動きも取れないおれたちの前で、先輩は手首を翻《ひるがえ》す。

ペットボトルは悲しいくらい簡単に、縄に捕らわれた状態で先輩の手の中に収まった。

「私の捕縄《ほじょう》はすぐさまに、こうしてお前たちの首を襲うぞ」

「「…………」」

「ちなみにこれ、ゆかりんの家に代々伝わる縄術《じょうじゅつ》だそうです。ご先祖も悪人を取り締まる立場だったとかで」

「せっかく父に仕込まれ、身につけたものだからな。有効活用させてもらっている」

「らしいです。千晴さん、ちまり」

いや、その補足は別に今はいいんだけども。というか、それどころじゃないんだけども！

だって、鹿宮先輩が言いたいことは、要するに……。

——オフである、この場では見逃す。

だけどオンのとき、すなわち学園でお付き合いを匂《にお》わせるような行動をしたら……容赦《ようしゃ》はしない……。

（こ、こ、こ、この人やっぱ怖ああああああぁっ……!!）

「……これ以上は少々、攻めすぎですかね」

すくみ上がるおれを見て取ったのか、梢ちゃんはぽそりとそう言った。

「言うべきことは言いましたし、この辺りで帰るとしましょうか、ゆかりん」

「そうか。元々こずこずに呼ばれた身だ、お前が帰るならば私もおいとましよう」

「ではお邪魔しました、千晴さん、ちまり」

「邪魔をした。失礼する、由真兄妹」

いとこ同士の二人は同時に立ち上がり、そのまま淡々とした足取りで一緒にウチを出て行った。

その背中を、おれたち兄妹は固まったまま見送ることしかできず……。

「…………つぶはぁっ！　ち、ちまりっ」

「んはぁっ……お、お兄ちゃぁんっ！」

少しして呪縛的《じゆばくてき》なものが解けると、再び勢いよく顔を見合わせた。

「「――――」」

が、お互いすぐに言葉が出てこない。まだ衝撃が余韻めいて残ってるんだろう。

「ち、ちまり、とりあえず深呼吸しよう、深呼吸っ」

「そっ……そうだねっ……すうぅ、はあぁ……っ」

「すー、はー……」

向かい合ったまま二人で深呼吸を繰り返す。

「……落ち着いたか？」

「う、うん、たぶん」

「じゃあ、言うけども――」

「どっ、どどどうしよう、改めてどうしようっ！　梢ちゃんすっごい本気だよっ、諦めてくれてなかったどころか、ものすっごいアプローチで来ちゃったよっっ」

「ああもうこれは反則だろっ、鬼の一手かよ！　おれたち、どうすることもできないじゃんっ」

結局ちっとも落ち着けてなかったおれたちだった。

いやしかし、これは仕方ない、仕方ないんだ！　梢ちゃんの一手は、それくらいのものだったんだから！

「で……でも、だからって、わ、別れるとか言わないよね⁉　ねっお兄ちゃん！」

「当たり前だろ！　それだけは絶対にあり得ないっ‼」

「お……お兄ちゃぁあんっ！」

「ちまりっ……！」

ひしっ！　と気づけば確かめ合うように、どちらからともなく相手を引き寄せ、抱きしめ合ってしまうおれたち。

これもまた、仕方のないことだった。

だって――

「と……とりあえず、学校ではもうイチャイチャするの控えておいたほうがいいってことだよね……？」

「そうなるな……鹿宮先輩のあの言いぶりだと……だから……」

「う、うんっ、今しようっ、しておこうっ！　思いっきり、お兄ちゃん思いっきりしてっ！」

「ああっ……ちまり、んんっ！」

「んぢゅむぅんっ……ふっう、んちゅく、ちゅくっ、はちゅるっ……ふあぁ、おとなのきしゅぅっ……んふぅんっ……」

もう、そうとう雰囲気が高まってるときにしかしない舌を入れるキスを、のっけからしていくに決まってた。

いや、それだけじゃ飽き足らず、ちまりの細い背をさらに強く引き寄せて、全身でキスするみたいに密着も求めていく。

「ふあぁ、おにいひゃっ……しゅごい、んぅ、しゅごいちまのことしゅきしゅきだよぅっ……ちま、からだじゅうもとめてもらえてるよぅっ……」

「ちまりももとめてくれっ……んんっ！」

「う、うんっ、うんっ……ちゅむぅ、んんっ！　ちゅくる、ちゅちゅっ、おにいひゃ、おにいひゃっしゅきぃっ……！」

――それはある意味、一時の現実逃避ではあったんだろうけど。

代わりにその分だけくるおしく熱烈で、頭がしびれるほどに嬉しくて、気持ちよくて……。

（何があっても、おれとちまりの気持ちは変わらない……兄妹で恋人同士っていう関係を、貫く以外の道はない……）

改めてそう噛みしめ合い、確かめ合う、今のおれたちには必要な行為だった。

だから結構な時間、濃厚に続き……。

「んはっ……！　はぁ、はあぁ、す、すごかったよう……すごいキス、しちゃった……」

「するって……するしかなかったって……」

「……うん、ちまもおんなじ気持ち。だって、だって……んっ！」

と、ちまりはキスが離れてなお、おれの首にすがりつき直すようにして、

「お兄ちゃんとの恋は、ほんとは許されないなんて……最初から分かってて、それでも『好き』が止められなかったんだもんっ。お兄ちゃんにその気持ちを、受け止めてもらえたんだもんっ。だからちまはもう、何があってもお兄ちゃんの彼女なんだもんっ……!!」

神様に誓うくらいの力強さで、宣言してくれた。

おれはまた頭がしびれるほどの喜びを覚え、熱く鼓動する指で、愛しい妹《かのじょ》の髪を撫《な》でた。

「ありがとう……ちまりが同じ気持ちなら、怖いものなんか何もないよ」

「えへ……んんぅ、お兄ちゃぁん……ちまもぉ……」

——そう。どれだけ行く手が茨の道だろうと。

その茨がどれだけ生い茂って、おれたちを絡め取ろうとしてきても。

絶対におれたちは、貫き通す！　この恋を、この仲を、この気持ちを!!

と……仕切り直すような決意を、二人で改めて、固められたのはいいものの……。

「でも……お兄ちゃん、ほんとどうしよう……梢ちゃん、どう言えば諦めてくれるんだろ……」

その辺りはまったく解決してないから、ちまりはまた、困り果てて肩を落とす。

「それはやっぱり――」

ちまり的にはどうしても抵抗あるだろうけど、きっぱり拒絶する以外にない……。

と、言おうとしたときだった。

ぴろろぴろろぴんっ♪

「おわっ」

唐突に着信音が響いて、ちょっとビクッとしてしまった。

慌ててスマホを取り出せば……え、き、希衣《きい》先輩？

「も、もしもしっ……」

『まだ風紀委員長はいる⁉』

通話に出ると、希衣先輩の前置きが一切ない問いかけ。

「へ？　も、もう帰りましたけど……なんでそれを――」

『なら、ちまちゃんは？』

「ち、ちまりは……はい、まだいます……」

『分かったわ、じゃあ引き留めておいて！　あたし、すぐそっちに行くから‼』

──そして十数分後。

「津井《つい》さんから連絡をもらったのよ」

希衣先輩はソファに腰を落ち着けると、開口一番そう言った。

本当に、文字どおりに駆けつけてきてくれたみたいで、額《ひたい》や頬には汗が浮かんでて、髪もちょっと乱れてて……。

なのに見とれそうなほど綺麗《きれい》なのはいっさい変わらない辺り、やっぱり『本物の美人』って希衣先輩みたいな人のことを言うんだなぁ、などと改めて思わされた。

いや、今はそれは置いといて。

「み、未結花から、ですか?」

意外な名前が出てきたもんで、確認じゃないけど聞いてしまう。

すると希衣先輩は髪を払いつつ、すらっと長い脚を色っぽく組んで。

「ええ。なんだか不穏な展開になりそうな感じだったけれど、自分じゃ役に立てそうにないから、お願いします先輩、って」

未結花のやつ、助け船というか助っ人を呼んでくれてたらしい……。

確かに未結花の中じゃ、この人が一番頼れる存在なのは間違いないだろうしなぁ……そっか、自分は逃げちゃったけど、それでも力にはなろうとしてくれたのか……。

いやまあ、ちょっと遅くて、梢ちゃんたちと入れ違いの形にはなっちゃったんだけどさ。でも、さすが幼なじみ。気持ちは素直に嬉しい――

「それで……何がどうなったの？　どうして泊さんが、あの風紀委員長を連れてきたの？」

しばらくウチには顔を出してなかったのにもかかわらず、いざとなればこうして駆けつけてきて、心配してくれる希衣先輩の気持ちも。

「あはっ……希衣せんぱい、久しぶりだけどやっぱり希衣せんぱいだ～」

「そ、そうね、少しご無沙汰していたものね。ちょっと顔を出しづらいところがあったし……」

安心したみたいに笑み崩れるちまりに、少し恥ずかしそうに視線を外す先輩。

やっぱり、そういうのはあったらしい。なのに――と思えば、改めて嬉しくて……。

「それはともかく。……大丈夫だったの？　どうしてこんな展開になったの？」

「ははは。いや、実はですね――」

――って、待て待て待てちょーっと待て由真千晴！

(あっぶねえええっ！　今、嬉しくて安心した流れのまま、さらっといろいろ暴露しそうになってたっ……!!)

さっきの梢ちゃん《いとこ》&鹿宮先輩《タッグ》との話の衝撃で、ちょっと感覚が麻痺《まひ》しかけてたけども――

あくまでも、おれとちまりの仲のことは秘密ッ！　特に希衣先輩には！　バレでもしたら、確実にとんでもない大騒ぎになるから!!

「……実は、何？」

「い、いえ……ゴホン、まあなんと言いますか……」

咳払《せきばら》いで誤魔化《ごまか》しつつ、チラッチラッとちまりに目配せ。

（あ……う、うんっ、そっか、そうだよねっ、ありがとうお兄ちゃんっ……！）

さすが妹《かのじょ》。以心伝心で通じたらしく、コクコク頷きながら表情で返事してきた（考えてることが素直に顔に出ちゃうだけ、ともいうけど）。

「？？？　ちまちゃん、どうかしたの？」

「あっや、えとっ……あ、あはは、ちま口下手だから、ここはお兄ちゃんにお任せって！」

「……なるほど、それくらい込み入った感じだったのね」

特にちまり相手だと、持ち前のちょろさを発揮してくれるから希衣先輩は助かる……。

しかし、かといって実際どう説明したもんかな。

おれたちの仲については伏せつつ、状況を分かってもらうには……。

「なら、由真くん。説明を頼めるかしら」

「ま、まあ……まずですね、梢ちゃんがその……」

他にない、と打ち明けようとして——そこで一瞬のためらい。

でも、まずこれを説明しないことにはどうしようもないし……。

（なにより……先にラインを越えてきたのはそっちだからな、梢ちゃんっ……だからっ……）

「泊さんがどうかしたの？」

「ち……ちまりに、告白してきまして」

罪悪感を懸命に押し殺し、それについては暴露させてもらった。

――ああ、向こうがああいう手に訴えてきたからって、こっちも……みたいなの、おれ的にはできれば避けたかったたし、やっぱものすごい抵抗あるけど……。

（仕方ない、仕方ないいんだ……梢ちゃんも言ってたとおり、これはもはや戦いなんだ。同じ土俵に上がらないと、こっちも勝ち目がなくなるんだっ……！）

「…………」

――この場はおれにすべてを委《ゆだ》ねてくれたちまりが、今のおれの暴露でちょっと、なんとも言えない複雑な顔になってしまったとしても！

「お、女の子同士だけど、お付き合いしてほしいと……なのでちまり、困り果ててしまいましてっ」

最後まで、言うしかなかった。

「そっ……なっ……えっ……なっ、何よそれッ！」

希衣先輩は眉《まゆ》をつり上げつつ、飛び上がるみたいな反応。

そして浮いたお尻《しり》がソファに下りると、身体をよじって叫んだ。

「そんなことを言ったら、もう親友じゃい、い、い、いられなくなるじゃない！」

……真っ先にこういうコメントが飛び出してくる辺り、希衣先輩の根っこの素朴さや善良さが窺《うかが》えるな……つくづく。

「ちまちゃんだって困って当然だわ！　親友だと思っていた相手から、それ以上の関係を望まれてもっ……無下には断れないでしょうし、かといって応える気持ちもないでしょうしっ」

いやまあ、おれに唐突に告白してきて、思いっきり困らせてくれたこの人が言うか……みたいなところもないではないんだけど、それは今は置いといて。

「梢ちゃんはその辺、全部分かってて……それでも、ってことみたいでした」

「……口ぶりからすると、あなたはそのときもちまちゃんと一緒にいたの？」

「ええまあ……だから宣言されました、おれのこともちまちゃんと一緒にいたの？」

「お兄さん公認でお付き合いしたい、たとえ女同士でも、ちまちゃんを一時困らせることになっても……抑えられないほどに好きだから、ということね」

顎《あご》に握りこぶしを添え、なるほどなるほど、と頷きを繰り返して希衣先輩は——

「……分からないでもないわ！」

「ってそこで理解を示されても‼」

予想外すぎてたまらずツッコんじゃったよ！

いやでも、冷静に考えれば希衣先輩だ。むしろこれは当然のことかも知れない。

おれが先輩からのアプローチに対して反応に困ってたら、「どうして？」とか、さらに追い

詰めてきたくらいの人だけに……。

(ひょ、ひょっとして、この人を味方だと思ってはマズいのでは?)

なんてつい思ってしまっていたら。

「『分からないでもない』よ、一定の理解はできるというだけ。第一あたしは——」

と、そこで希衣先輩は、恥じらうように悔いるように、長いまつげを伏せて、

「……先日、あなたたちを困らせてしまったのが分かったから、しばらくここに顔を出せずにいたくらいなのよ?」

「………」

「そ、そこはしっかり踏まえておいてもらえると助かるわ」

……これだからこの人は。

見た目は派手なのに、ほんと根っこが素朴で善良なのが分かってしまうから……

やっぱり無下にはできないし、駆けつけてきてくれたのが結局、素直に嬉しいって思える。

「……すみません、希衣先輩」

「あなたが謝ることじゃないわよ」

「じゃあ、ありがとうございますっ」

「だ、だからってなんでお礼!?」

「いや、希衣先輩が来てくれて素直に嬉しいからですけど」

「そ……そう、そうなのね、ならよかったっ！」

ぱあぁ、と頬をバラ色に染めて笑み崩れる希衣先輩。

だけでなく、途端に意気揚々と立派な胸を張って、

「この勢いで先日の失態を取り返させてもらうわ！　さあ、続きを聞かせてちょうだい！」

ああ……それで駆けつけてきてくれたのもあったわけね……理解。

なんとも希衣先輩らしい、悪く言えば単純、よく言えばシンプルな理由に、少し気持ちが軽くなる。

そういうことならこの人は、間違いなくおれたちの味方になってくれる。

いや、この人的には最初から一貫して、自分は由真兄妹の味方だ……ってところか。

おれと先輩だけに限れば、奇妙な間柄ではあるけど……。

けど、同時に先輩はまず真っ先に、『仲のいいおれたち兄妹が好きで好きでしょうがない』人なんだって、それこそ困るくらいに知ってるから……。

「おれたちを口説き落とすために、梢ちゃんは今日、鹿宮先輩を連れてきたわけですよ。というのも――」

と、（おれとちまりが恋人関係にあることはあくまでも伏せつつ）梢ちゃんが突きつけてきたことを一通り、聞いてもらった。

「……なるほど」

聞き終えた希衣先輩は頷き、考え込むようにまた顎へ握りこぶしを添える。

「確かにそうね、女子同士なら二十一条違反ではない……つまり……」

「ええ、だからちまりには安心して、自分とのお付き合いに踏み切ってほしいって――」

「もちろんそうなのでしょうけど、たぶんそれは表面上の話ね」

「……へ？」

「違反性はないと主張して、外堀から埋めようとしてきている……つまり彼女もそれだけ必死だ、ということじゃないかしら」

「…………」

「必死で、そして真剣だからこそ、むしろ他のアプローチができなかったんだと、あたしは思うわ。何も考えずに、軽い気持ちで告白したんじゃない。真剣に真剣に考えて……そしてまず、安心してもらわねばと気づき、必死でそう訴えてきた。……ちまちゃんが本気で好きで、心底、大事に思っているからこそ」

――だからもうそんなに困らないでください、でないとボクも……困ってしまいます。

告白してきた夜、ちまりにそう言っていた彼女の声と姿が脳裏によみがえる。

（おれはただ、あの子が……こっちが油断したところに、攻めの一手を打ってきた……としか受け取れなかったけど……）

そういう捉《とら》えかたもあるのか、なんて気分だった。

もちろん、『希衣先輩はそう解釈した』ってだけではある。

……でも、なんだろう。希衣先輩流の解釈のほうが、なんというか……。

（腑《ふ》に落ちるというか……安心する……）

ただ手段を選ばず、なりふり構わない攻めの一手を打ってきた――と、彼女をまるで敵役かなんかみたいに捉えないで済むし……。

ちまりが大事だからこそ安心してほしかった、ってことなら……。

（あの夜……意気投合して同志みたいになったのも、嘘《うそ》じゃなかったって……策略とかじゃなくて、素だったからこそああなったんだって……思える……）

そう、つまり『裏切られたわけじゃなかった』って。

――そしてちまりのほうも、おれと似たようなことを考えたらしく。

「だっ……だったら、ちまっ……ちゃんと答えないと!!」

何かに気づいたみたいにハッと背筋を伸ばし、目を見開いてそう言った。

「ちまっ……一回も、ちゃんと答えられてない！　梢ちゃんはそこまでちまのこと、考えてくれてるのにっ……ちまはまだ一回も、梢ちゃんの気持ちにしっかり向き合ってないっ……!!」

「そうみたいね。そして、そのとおりだと思うわ」

ちまりの言葉に、希衣先輩は腕を組んで頷く。

「きちんと向き合わなきゃダメよ。あたしが泊さんの立場だったら、そうじゃないと納得できないし、身を引くにも引けないもの」

なんて、説得力がありすぎるその言葉に――

「そっ、そうですよね、そうですよねっっ……‼」

ちまりはツインテールの髪が宙を跳ね回るほど頷きを繰り返し、身体をよじり……。

そして両手を強く握りしめて、宣言するように叫んだ。

「ちま、明日っ……梢ちゃんと二人だけで話してくるっ‼」

……ちまりらしい、ひたむきなまっすぐさで。

「いいよね、お兄ちゃんっ……⁉」

首を横に振れるわけがなかった。

「……むしろ、おれからも頼む」

「うんっ、うんっっ……‼」

「希衣先輩……今日、来てくださってほんとにありがとうございました！」

そして深々と、先輩に頭を下げた。

この人が来てくれなかったら、きっとおれは最終的に彼女を恨《うら》んでしまってただろうし、ちまりはどうしていいか分からないままだった。

だから、いくら頭を下げても下げ足りないくらい、ありがたく――

「そ、そんなにあたし、いいこと言えたの？　言えたのね？　よしっ、なら取り返したわよね、これでまたここに胸を張ってお邪魔できるわねっ……!!」

……最後になんか全部台無しっぽくしてくれちゃうのも、希衣先輩って感じだった――

＊　＊　＊

お兄ちゃんと希衣せんぱいに言ったとおり、次の日。

私――由真ちまりは、昼下がりに梢ちゃんのお家を訪ねた。

初めて……がこんな形になるなんて、思ってもみなかったけど。

とにかく、ＬＩＮＥで今から行くって連絡して、住所教えてもらって、電車乗って、前にお兄ちゃんとデートに来た駅で降りて、地図アプリ見ながら歩いて……。

到着した、マンションの一室。

「……一人で来たんですか？」

ドアを開けて出てきてくれた梢ちゃんは、ほんのちょっとだけ、意外そうだった。

お兄ちゃんが見たら、いつもどおりの顔かも知れないけど……私は分かる。

だって、梢ちゃんは親友だから。……私にとっては。

「一人だよ。一人で、ちゃんとお話しに来たの。今まで一回も、きちんと梢ちゃんに向き合えてなかったから」

「…………分かりました、上がってください」

「ありがとうっ、おじゃましますっ」

梢ちゃんに迎え入れてもらえたら、ふんす、みたいに気合いが入っちゃった。

――今日までごめんね梢ちゃん、でも今日はもう、きちんと言うから！　って。

そうして梢ちゃんのお部屋に通してもらって……。

「とりあえず、楽にしてください。ボクは飲み物を用意――」

「ううんっ……梢ちゃんっ！」

これが梢ちゃんの部屋なんだ、みたいに見回したかったけど、それどころじゃない。

だから、がばっ！　ってすぐに、梢ちゃんの前に正座しちゃった。

もうこれ以上待たせたくない。……逃げてたくない！　って。

「お話、しよっ。飲み物なくていい、楽にもできない、だってっ、だってちま、今までずっとっ……逃げちゃってたから！」

「……分かりました」

ぺたんっ、と梢ちゃんもすぐ応えて、正座で向かい合ってくれた。

それにものすごく、ホッとした。ああ、私のよく知ってる梢ちゃんだ、って。

告白してきたからって、違う人になったわけじゃない。梢ちゃんは梢ちゃんだから……。

私は、まず、……ちゃんと聞かなきゃ。

「びっくりした！　梢ちゃんの告白っ……びっくりして、どうしようどうしようってなっちゃったけど、でもっ……意味が分からなかったわけじゃないから！」

「はい。だからこそ、答えに困ってしまったんでしょうしね」

「うん、ごめんね……それでね？　だから最初に聞きたいの、確認したいの。ほんとはあの日にすぐ、聞かなきゃいけなかったんだけど……」

「なんでしょう」

「……梢ちゃんは、『恋人』じゃなきゃダメなの？」

ほんの少しの望みを託すみたいに、聞いた。

そう。親友のままじゃダメなのって――

「はい」

梢ちゃんの返事は、一瞬の迷いもなかった。

「特別な関係になりたい、です。ちまりを、ボクだけのもの……恋人に、したいです」

「梢ちゃん……」

「ボクの『ちまりが好き』は、もはやその領域に達しています。気づけば、達してしまっていました」

「……そっか」

分かってたけど、改めて分かった。

そうだよね、梢ちゃんだもん。そうじゃなきゃ、あんなふうに言ってこないよね。

思い詰めて思い詰めて、溢《あふ》れちゃったから……もう、言わずにはいられなかったんだよね。

――すごく、分かる。私にも経験ある。

だから……私はちゃんと、受け止めなきゃいけないんだ。

あの日のお兄ちゃんみたいに。

……あの日のお兄ちゃんとは、違う形で。

「ありがとう、梢ちゃんにそこまで思ってもらえたの……すっごく嬉しい」

「っ――では付き合いましょうレッツゴーッ」

「まま待って待って待って！　早い、早いよ梢ちゃんっ」

「……すみません。嬉しいと言ってもらえたのが嬉しくて、思わずフライングしました」

梢ちゃんは浮いてたお尻を、すぐ元に戻してくれた。

……そうだよね、好きな相手から嬉しいって言われたら、もうっ……ってなっちゃうよね。

つまり今のは、私の失敗。答えかたを間違えちゃったんだ。今みたいのだと期待しちゃうに決まってる。けど私は……その期待には応えられないから……。

（でも……なら、どう言えばいいんだろ……）

もちろん、思ってることをそのまま言うのは簡単だけど……。

（そう……ごめんね、ちまにとってはどうしても、梢ちゃんは『友達』なの。『好きな人』は、お兄ちゃんなの。もちろん梢ちゃんのことも好きだけど、それは……お兄ちゃんへの好きとは、全然違うの……って……）

――言ったら、たぶん。梢ちゃんはすっごく傷つく。

（………）

それはやだ……っていうところから、私……結局、一歩も動けてない……。

だから今までずっと、答えられなかった。逃げ続けちゃってた。

（昨日も帰ってからずっと考えてたけど、やっぱり思いつかなくてっ……）

けど、傷つけないと断れないいんなら――もう――いっそ――

（――ううん、それはそれで逃げだよ、ちまり！）

絶対！　絶対あるはずなの！　梢ちゃんを傷つけないで済む方法が！　答えかたが！

（でもでも分かんないっ……いくら考えても、ここまで来てもっ……ちゃんと向き合えれば何か見えるかもとかちょっと期待してたけど、ちまってやっぱり頭悪いんだああぁっ……！）

「……あの、ちまり」

「うひゃいっ⁉」

「前にも言ったとおり、ボクはちまりを困らせる気はありません。なのでそんな、頭を抱えないでもらえれば……」

ハッと気づいた。無意識に頭抱えちゃってた、私！

「ご、ごめんねっ、ちまもそうやって梢ちゃんを困らせに来たわけじゃっ……」

あせあせ謝りながら、頭はますますぐるぐる。

だからってどうすれば。どう答えれば。どうすれば、どうすればいいの、いつまでこのぐるぐるを続ければ気が済むの、私はっ――

「……そのまま、言ってください」

「――」

息を呑《の》んだ。

「ボクは、素直なちまりが大好きです。憧《あこが》れています」

「――――!?」

ぐるぐるしてた頭が、真っ白になった。

それ。梢ちゃん。ちまが前に梢ちゃんに言ったのとおんなじ――

「ですから。どんな答えでも、ボクはそのまま受け入れ――」

「ちっ……ちまも梢ちゃん大好き！　憧れてるッ！」

気づいたら、ぶわって、溢れた。溢れてた。

だからもう止められなくて……。

「今もそうっ……きっと頭がいい梢ちゃんだったらすぐ、どう答えればいいのか分かると思うの！　なのにちま、ちまっ、全然っまだっ、まだ分かんなくてっ……ずっとずっとぐるぐるしっぱなしなの！」

「…………」

「どうしよう、どうすればいいの、分かんないよぉ梢ちゃぁんぁあうあうあうあうあーーー⁉」

「……………………」

ほんとに、そのまま、言っちゃってた。

また頭を抱えて、身体までよじりながら……だったから、梢ちゃんが目を丸くしてるのが分かって。

恥ずかしい。申し訳ない。だけど『あうあうあー』は止まらなくて……。

「ち、ちまり、お願い、お願いです」

「あうぁ、うああっ、でもでもでも梢ちゃんっ……！」

「そんなに困らないでください、そんなにっ、ボクそんなつもりはっ」

「ごめんね、ごめんねぇっ、けどちまっ、ちまあうあうあうあーーー⁉」

「うぁ、あぁぁ、ボクが、ボクがちまりを好きなばっかりに、告白してしまったばっかりにっ」

「違う違う違うのっ、全部ちまがちゃんと、ちゃんとっ……」

「でも止められないんですっ……！」

「そうなの止まらないのっ……！」

「ボクはいったいどうすればっ……あぅあ、あうあうあうあーーーー⁉」

「ちまもいったいどうすればっ……あうあうあうあーーーー!?」

頭を抱えて、身体をよじって。

もう、二人して、声を上げることしかできなくて……。

「「…………………」」

え?　とそこで気がついた。

頭を抱えたままの梢ちゃんと目が合った。

え?　ちょっと待って?　待って待って待って?

なんで梢ちゃんまで……ちまとおんなじふうに……。

「……す、すみません、ボクも気づいたら……なんだか……」

「………」

それって——

「い……一緒、ってこと……?」

「そう……なりますね……お互い、どうしていいのか分からず……」

「………」

「………」

二人して、頭を抱えたまま……しばらくの間、固まったみたいに目を合わせ続けて……。

——そうしたら、なんでだろう?

「ぷっ……ふ、ふふっ……」

「ふ……ふっ、ぷぷぷっ……」

二人とも、なんか、込み上げてきて……そうして。

「「あはははははははっ！」」

はじけた。

お互い、身体をぶつけ合うみたいにしながら、一緒に思いっきり笑っちゃってた。

「あははっ、あはははっ、とまっ、止まんないよぉ梢ちゃんっ……！」

「ボクもですっ……ふはっ、うくっ、ぶぷぷっ、ぷはははははっ！」

「なにっ、何やってんだろちまたちっ……！」

「本当ですっ……なんなんですか、ボクたちっ……！」

「でも――一緒だね！」

「はい、一緒ですっ……」

「あはははっ……」

「ふふふふっ……」

――答えなんか、一つも出せてないのに。

ううん、たぶん……お互い様だから……一緒だから……。

「梢ちゃんっ」

「ちまりっ」

無性におかしくて、嬉しくて——気づくとちまたちは抱き合ってた。

「ちま、やっぱり梢ちゃんのこと傷つけたくないよぉっ、大好きだよぉっ」

「ボクだってちまりを困らせたくないですよぉっ、大好きですからぁっ」

「どうすればいいの、ちまたちっ」

「分かれば苦労しませんっ」

「ふあぁあんっ、ほんとどうしよう梢ちゃぁーんっ！」

「ううぅっ、どうしましょうちまりぃーーーっ！」

最後には一緒に、どうしようどうしようって一緒に泣いちゃって……。

それがまた、無性に嬉しくて……。

お互い、手がぜんぜん離せなかった。

っていうか、むしろ……。

＊　＊　＊

『——なんか前よりもっと仲よくなっちゃった』

と、夜半。ちまりから、そうＬＩＮＥが来た。

だろう。

まあ……ちまりは言ったとおり梢ちゃんときちんと、ちまりらしくまっすぐに向き合ったん

いや、うん。

「………」

その結果として、そうなったんなら……。

もちろん、「なんでそうなった⁉」とか、「いやいやおかしくね⁉」とかは思うけども……。

──ぽきぽき♪

『もちろん親友同士としてだよ⁉　ちま、梢ちゃんの彼女になったわけじゃないからね⁉』

「んなこたぁ分かってるっ」

たまらず画面にツッコんでしまった。

そして脱力するおれ。

「うん……なんか、分かってた。こうなるの」

ちまりが結局、答えを出せないくらいに梢ちゃんが好きで……。

そして梢ちゃんもまた、そんなちまりが好きで好きでしょうがなくて、困らせたくないと心の底から思ってるのも……分かってた。

だから二人が正面から向き合えば、たぶんお互い、どうしていいか分からなくなって……。

と、想像はつく。ついてしまうけども！

(何もっ……解決はしてないッッ…………!!)

——茨の道はまだまだ、三人で歩くことになりそうだ。

第三章

いろいろとありますが、どうあれ諦めたら終わりですよね？

ところが、だった。

「おはよう、お兄ちゃんっ」

「…………ちまり？」

翌朝。身体《からだ》を揺すられて目を覚ますと、枕元《まくらもと》には制服姿の妹がいた。

……え、なんで？　と起き抜けから、思いっきりきょとんとしてしまうおれ。

いや、うん。ちまりには合鍵《あいかぎ》を渡してる。だからおれが寝てる間でも、ウチに上がることはもちろん普通にできるんだけど……。

スマホで時間を見れば、まだ六時ちょっと過ぎ。

「ず……ずいぶん早いな？　というか珍しいな？」

思わず言ってしまったのは他《ほか》でもない。

そもそもちまりは朝、ちま弁当を作ってくれたりしてるから結構忙しいはずなんだ。

だから起床時間はともかく、登校時間自体はいつも、それほど早いわけじゃないし……。

こうして朝、登校途中（だよな？　あそこにあるの、ちまりの鞄《かばん》だし）にウチに寄ったことも、今まで一度もなかった。

なのに――と思っていると、

「うんっ、あのね、ごめんね？　今日はお弁当なしなの、どうしても登校前にお兄ちゃんとお話したくて、だからお弁当は諦《あきら》めて、こんな早くに押しかけちゃったのっ」

ちまりは胸の前で両手をそれぞれに握って、少し前のめりで説明してくれた。

「……な、なるほど」

ならまあ……と納得しつつ、おれはまだ『きょとん』が抜けきらない。

それはそれでなんで？　ってのもあるけど、そもそもとして……。

（ちまり……なんか、いつもと様子が違う……よな？）

表情を改めて確かめる。

……うん、言うなら『フンス』ってところだ。

そして強く握られたままの両手。前のめりの姿勢。

やっぱり気合いが入ってる感じというか、力んでる感じというか。なもんで――

（……いろいろと、なんで？）

が、正直なところだった。

梢《こずえ》ちゃんとの顛末《てんまつ》を昨日、あんなふうにＬＩＮＥで送ってきて、おれを脱力させてたくらいなのに。

結局ちまりはどこまで行ってもちまりで、やっぱり、梢ちゃんにどう答えればいいのか分からないままで。

だからこそおれも、まだまだこの状況は続きそうだ……なんて思ってたところに……。

「あの、それでねお兄ちゃん」

「う、うんっ……なんだ？」

「……ベッド、入ってもいい……かな？」

と……可愛《かわい》らしくも、やっぱりどこか力の入った上目遣《うわめづか》い。

引き続き「なんで？」だったし、「どうしたんだ？？？」でもあったけど、しかし愛する妹《かのじょ》からこんなふうにおねだりされて、拒否する選択肢はおれにはない。

「あ、ああ、もちろん……じゃあ……よっと」

とにかく身体の位置をずらしつつ掛け布団《ぶとん》を持ち上げて、迎え入れ態勢を取ってみせた。

「ありがとうお兄ちゃんっ、えいっ！」

ぽふんっ！　とちまりは速攻で、おれの空けたスペースに飛び込んできた。

「んしょ、んしょ……ん～～～～～っ！」

だけでなく、そのまま身体をモゾモゾ寄せてきて、思いっきり抱きついてもくる。

可愛い妹《こいびと》の感触や体温、においをいっぱいに覚えて、おれは即座に嬉《うれ》しくなってしまったけども……。

「こ、こうするために、わざわざ早くに来たのか？」

同時に「どうしたんだ？」もますます強くなり、戸惑うみたいに聞きもした。

「お兄ちゃんもぎゅってしてっ」

ちまりはおれの問いには答えず、おねだりの追加。

本当、依然としてよく分からないままだけど……どうあれこの状態でそんなおねだりをされたら、おれは応《こた》える以外にないわけで。

「んんぅっ……お兄ちゃぁんっ……」

妹の小さな細い身体を包み込む感じで、しっかり腕を回してぎゅっと抱きしめた。

するとちまりはふるふるっと、伸び上がりながら愛らしく震えて……。

「お兄ちゃん、お兄ちゃぁん……んんぅ、んちゅっ！」

「――――」

キスまでしてきた。

「んちゅ、はんむちゅ、んんぅ、しゅき、おにいひゃっしゅきぃっ……ちゅむぅっ」

「ち、ちまりっ……んぅむ、ちゅっ……」

しかもおれが目を白黒してしまうほどの、情熱的でくるおしいキスだった。

まさに、「こうせずにはいられない」ってくらいの。

おれのハグで――と思えば、こちらもたまらないものがあった。

（つ、つまりこれは……今日はちまり、朝からそういう気分だっただけ……ってことでいいのか？）

どんどん増してくる高揚感の中で、おれは最終的にそう思った。

こう、あれだ。昨日がわりとどっちらけに終わっちゃった分、フォローしたかったというか……最近こんなふうにただイチャつく、みたいなのが減ってたからというか……。

なんて考えたらおれはもう、

「んはっ――ちまりっ」

キスが離れると、意気込んでちまりを見つめ直す。

（そういうことならいくらでも付き合うぞ、むしろ大歓迎だぞ！　登校時間リミットいっぱいまで、ちまりがほしいだけ愛を注《そそ》ぐから――!!）

「………」

（あ、あれっ!?）

意気込みの反動みたいに、カクッとなってしまった。

ちまり、おれが思ってたような瞳《ひとみ》ウルッウルのお兄ちゃんしゅきしゅき顔じゃなくて、なんか真剣に考え込んでる顔なんですけど!?

（マジでどういうこと？　というか今日のちまり、ほんとにどうしたの？　何から何までよく分からない――）

「うん……やっぱり、違う……」

と、そこでちまりはおれの胸板に頰《ほお》を擦り付けながら、独り言っぽくささやいた。

「……へ？」

「梢ちゃんと、抱き合ったときと」

柔らかな頰をおれに密着させたまま、顎《あご》を上げてこちらを見つめてくる。

「あのね。ちま、お兄ちゃんとくっつくと、安心しながらドキドキするの」

「う……うん……」

「抱きしめてもらえると、胸がきゅう～ってなって、身体震えちゃって……こんなに大好きなんだよって、キスで伝えたくなっちゃうの。もう、気がついたらキスしちゃってるの。さっきみたいに」

「………うん」

まだ頭が追いつかないけど……ちまりが一生懸命、言葉にして何かを整理しようとしてるのは、さすがによく分かった。

だからおれは、とにかくきちんと聞いてあげなきゃいけない。

いや、むしろ聞かせてほしい、しっかり聞くから安心して話してほしい――と言うように、愛らしい頭の丸みを優しく撫《な》でた。

「はぁう……お兄ちゃん……」

「うん……それで？」

「……うん、あのね？」

ちまりは微笑《ほほえ》みながら少しまつげを伏せ、頬だけでなく身体中をおれに押しつけて、

「梢ちゃんとは……そう、ならなかった」

打ち明け話みたいな音量で、小さくささやいてくる。

「……抱き合ったんだな、昨日」

「うん、二人ともどうしようどうしようってなって、頭抱えちゃって……そうしたらね？　あ、一緒だって同時に気がついて……思わず、二人で噴き出しちゃって。それが嬉しくて、やっぱり大好きだよぉってお互い抱きついちゃって……」

あはは、と苦笑したかと思うと――また、そのまつげが伏した。

「……最後には、一緒にわんわん泣いちゃったの」

「それは……結局、お互いどうしていいか分からないままなのが、泣けるほどもどかしくて……とかなのか？」

女の子同士だけの感覚みたいなものは、男のおれには正直、いまいちピンと来ない。

いや、たぶん、ちまり自身も言葉にはできないんだろうけど……。

それでも確認するように聞いてしまったのは、ちまりの心の整理を、少しでも手助けした

かったからで……。

「うん……ちまはね。やっぱり梢ちゃんを傷つけたくない、だからどう答えていいか分からないようって」

頷《うなず》き、そしてちまりはまたおれを見上げて。

「……それでね、お兄ちゃん」

「うん……それで？」

「梢ちゃんは……『ちまりをそうやって困らせたくない』って、泣いてくれたの」

「…………」

「すっごく嬉しかった！」

ぎゅうっ、とちまりはおでこを押しつけてきた。

その感触を覚えながら、おれは思っていた。

（――分かる。いや、分かる気がする）

ちまりの嬉しい気持ちも、梢ちゃんの……困らせたくないっていう気持ちも。

おれもそれくらいには、二人の間にある感情を見てきてて。

そしてだ。今の言葉で……。

（ちまり……気持ちの整理をしたいんじゃない……？　ひょっとして、もう整理はついてる……のか……？）

――そんな気が、どんどんしてきて。

だとしたら、こうして朝早くから訪ねてきたのは……。

「そう……それくらい、ちまにとって梢ちゃんは、すっごく大事な、大好きな親友なの」

おれの視界と腕の中で、ちまりは胸板におでこをぐいぐいしながら。

「だから、傷つけたくなかった。だからずっと、告白の返事がちゃんとできなかった」

……やっぱり、よどみなく言葉を紡《つむ》ぐ。

ここに来る前に、整理を済ませてきたみたいに。

「けど……お兄ちゃん」

また、こちらを見上げる。まっすぐに視線を合わせる。

そしてはっきりと、絞り出すように言った。

「何があっても、ちまは梢ちゃんの彼女にはなれない……っ」

「……ちまり」

「『好き』が違うの、お兄ちゃんと梢ちゃんじゃ。どうしても、そうなの。やっぱり……そうだったの」

そうか。それを再確認するための、さっきのおねだりで……。

「でもっ……それでもほんとに大好きなの、梢ちゃんが大事なのっ……」

「うん……うん……」

もはやおれは相づちしか打てない。

耳を傾けることしかできない。

「一晩、ずっとそれを嚙《か》みしめてて……ずっとずっと、繰り返しっ……今までのこと思い返して、今の気持ちを嚙みしめて、嚙みしめてっ……」

きっとちまりは、もう何か一つ、答えを出してるからと――

「――そうしたら、思ったの」

「うんっ……」

「急に気がついたの。どうすればいいのか、やっと分かったのっ……」

ぎゅうっ、とちまりはおれの寝間着の胸元《むなもと》を握って――


「……ちま、もう困りたくない、い、い、い」


本当に嚙みしめるみたいに、そう言った。

「梢ちゃんを、もう泣かせたくない。『ちまを困らせたくない』って、泣いてほしくない」

「……それって」

「うん……」

きゅ、とちまりはそこで唇を嚙み、斜めにうつむいた。

その横顔に、おれはハッとさせられた。

浮かんでたのは、今まで見たことないくらいに、大人びた表情で……。

「矛盾……してるのかも知れないけど……」

そしてちまりはささやいた。

「それくらい大事だからこそ、傷つける覚悟も……必要……なんだよね、きっと……」

「――――」

おれは息を呑《の》んだ。

何も解決してない、もうしばらくこの状態は続きそうだって、昨日のおれは思ってしまって……だから当たり前のようにそのまま、今朝《けさ》を迎えたけど……。

ちまりは。違ってた。

「そう、分かったの。やっと分かったんだよ、お兄ちゃん」

たった一晩で、少し大人になっていた。

――そうさせたのは、おれじゃない。

間違いなく梢ちゃんだと、すぐに理解できた。

だから正直、少し妬《や》けて……。

それと同時に思った。

(梢ちゃんは……すごいな……)

ここまで。ここまで、ちまりを羽化させた。

自分の想《おも》いをひたむきに伝え続けることで。

――おれにはできない。

素直に、そう感じてしまったら……。

「………」

ちまりがここまで彼女を大事に思ってるのも、少し、うん。

ほんの少しだよ⁉　あくまでも、ほんの少しだけど――

(理解……できる……おれにも……)

――つまりおれは、彼女に敬意と、そして好感を抱き始めてる自分に気がついてしまった。


そんな朝があって……そして昼休み。

購買でパンを買ったおれたちは、そのおまけに――じゃないけども、いつものベンチに希衣《きい》先輩をお招きすることにした。

昨日、ちまりが梢ちゃんの家に行けたのは、先輩の言葉があってこそ。

だから報告する義務があると二人とも感じたし、聞いてほしい、という気持ちもあった。

というわけで、喜んで応じて来てくれた希衣先輩に、ちまりが朝と同じ感じで、こぶしを握りながら話したんだけども……。

「で、なんか、もっと仲よくなっちゃったのっ」

「……どういうこと？？？」

「だからもう、『お付き合いはできない』って、ちゃんと言うって決めたの！」

「どういうこと⁉⁉⁉」

……まあ、ちまりの話の組み立てかたはわりと感覚的だから、おれくらい理解度が高くないと、そうなっちゃうよなぁ。

かといって、ここでおれが説明するのもなんか違うし……。

ちまりはちまりで「以上です‼」みたいに、両こぶしを握ったままフンスフンスしてるし。

さてどうするか……と、思ってたら。

（ゆ、ゆ、ゆ、由真《ゆま》くぅんっ！）

なんて小声と共にあわあわと、思いっきり狼狽《ろうばい》した様子で希衣先輩がすり寄ってきた。

これはやっぱ、助け船を出さないとダメみたいか……。

（な、なんだかちまちゃん、一昨日《おととい》と比べたら急に大人びたような感じがするのだけれどっ……！）

（………）

ちょっと驚いてしまった。

そこだけはきちんと感じ取る辺り、つくづくこの人は侮《あなど》れないというか、なんというか……。

(本当にどういうことなの、何があったの⁉　えっ、一晩の経験が少女を大人に変えた、的な何かなのっ……⁉　ちまちゃん、まだ中等部なのに何を経験してしまったのっ……⁉)

そして狼狽してたのは、明後日《あさって》の方向に想像たくましくしちゃってたかららしい！

(いやいやいやそういうんじゃないんでッ。とりあえず落ち着いて、落ち着いてください希衣先輩ッ！)

(そっ……そうよね、さすがにそんなわけはないわよね、まだ可愛らしい中等部生で……あたしだってそんな経験は一度もないんだから……)

……わりとすごいことを暴露してるの、この人自分では気づいてないんだろうなぁ。

そっか、そういう経験がないなんて意外……でもないか。

黙ってれば美人すぎ&クールビューティーなオーラありすぎて、誰も近寄れない高嶺《たかね》の花、みたいな人だし。

異性に肌を見せたレベルのことすら、あのときのあの様子じゃ、おれが初めてだっただろうし……。

(じゃ、じゃあ、何があったの？　教えて由真くん！　分かりやすく！)

って、今それを思い出すのはやめよう。うん、いろいろとね！　今はね！

というわけで、おれは少し考えてから、希衣先輩の質問に答える。

（まあ………梢ちゃんが、ちまりをこうしたんですよ）

他に言いようがなかった。

（ちまりを、大人に……）

（つまり女同士で大人の階段をッ……ああっ、可愛いちまちゃんが泊《とまり》さんの毒牙《どくが》にぃッ!?）

（だから違いますってッ。梢ちゃんの言葉がきっかけで、ちまりもついに覚悟を決めたってことですよ！）

（それは、え、ええと、つまり……？）

（……梢ちゃんと話して、ちまりはつくづく思ったんですよ。自分はやっぱり、梢ちゃんが大事で……だからこそ、傷つけても交際を断る覚悟も必要なんだ、っていう結論に辿《たど》りついて）

（……なら、つまり……泊さんは墓穴を掘ってしまった、ということ？）

（いや、そういうことじゃないと思います）

外から結果だけを見れば、確かにそう見えなくもないだろう。

でもそれは違う。全然違う。少なくともおれは……そうは思えない。

（……あの子が本当に真剣で誠実だったから、ちまりも真剣に、誠実に考えて……覚悟を決めなきゃ、ってなったんだと思ってます）

（な、なるほど……）

（すごいことですよ。おれにはできないことです）
理解が追いついてきた様子の希衣先輩に頷き返し、おれは改めて噛みしめる。
（だからおれ……正直、あの子に少し負けたと思ってます）
（由真くん……）
もちろんそれは、『だからちまりを譲る』みたいなものじゃない。
――そして、悔しいとか、その手の負の感情も不思議なくらい覚えなかった。
覚えるのは……やっぱり、うん……。
（……由真くん。あたし、思うのだけれど）
（あ、はいっ――）
と、気がつけば真顔になってた先輩に、反射的な相づちを打ったところで。
がばぁっ!!
「きゃん!?」
唐突に肩をつかまれて、引き離された。
え、何事!?　というか誰がっ……。
「希衣せんぱいとお兄ちゃん、くっつきすぎ！　長すぎ!!」
いや、ちまりに決まってるだろって！
「むーっなんだからね、ちまっ!!」

しかも膨れてる！　そりゃそうだ！　自分がフンスフンスしてる間に、兄《こいびと》が自分以外の女子と身体を寄せ合って長々と話し込んでたんだから！

――というか久々に見た、こうやって妬いてくれてるところ。

それに妙にホッとさせられたなら……。

「なんですよ、希衣せんぱいっ！　前にあんなことがあったんだから、分かってるはずですよね⁉」

「はっはいっ、ごめんなさいっ……というか由真くぅんっ、ちまちゃんがッ、あの可愛らしかったちまちゃんが本当にすっかり大人だわなんとかしてぇッ……‼」

「お兄ちゃんも！」

「すいませんでした以後気をつけますッッ‼」

がばぁっ！　ともう立ち上がって思いっきり腰を折った。

「⁉　由真くぅーーーんッ⁉」

「いや、誠心誠意謝るしかないでしょうが、ここは！」

「そ、そのとおりなのだけれどっ、なのだけれどぉっ……‼」

「むー……希衣せんぱいの中で、ちまってどれだけ子供だったんですか……？」

「えっ。そ、そんな、別にそんなふうに思ってはいなかったわよ？　本当よ？　フフフ？」

「きーいーせーんーぱぁーい……？」

「ひいいっ⁉　助けてぇ由真くぅんっ——きゃあん⁉」

ちまりは怖い笑顔のまま希衣先輩にがしっと抱きつき、そのまま身体をぐいぐい押しつけ始めた。

「あはは、希衣せんぱいだって子供みたいな悲鳴上げるくせにー」

「あっちょっ、くっくすぐったい、ムズムズくすぐったいわちまちゃんっ」

「しーりーまーせーんーっ」

「ふふっ、ふふふふっ、も、もうやめてぇあたしが悪かったからぁっ……！」

最初は身をよじって逃げてた希衣先輩だったものの、気がつけばなんだか、ちまりとじゃれ合うみたいになってた。

そしてもちろん、ちまりも嬉しそうな笑顔だ。

まあ……一昨日の件で、ちまりは先輩のこともますます好きになったんだろう。

妬いたのも本当だったと思うけど、それはそれとして、ってところに見えた。

だからこの微笑ましい光景は、邪魔しないでおいて……。

（……どうあれ）

と、おれはおれで改めて、頭の中で現状を整理し始める。

今の自分には、それが必要だと感じたからだ。

（そう。どうあれ……ちまりが覚悟を決めたなら……）

　これで話はもう、ちまりと梢ちゃんの間だけの問題——おれが一緒だと、むしろ邪魔になってしまうだろう——になった。

　そしてちまりが覚悟したとおりに、たとえ傷つけることになろうとも、きっぱりと梢ちゃんの告白を断れば……。

（……全部、終わる）

　今の奇妙な、三角関係のようなそうでもないような状態は。

　終わって、元通りに……は、ならないよな……どう考えても……。

　親友だったちまりと梢ちゃんには、二度とは——

（……いいのか？　それで）

　そこでふと思ってしまった。

（いや、いいに決まってる。というか他にない。ちまりがおれから梢ちゃんに乗り換えることはあり得ないし、ちまりがもう、断る覚悟を決めた以上は）

　……仕方がないんだ。それでいいに決まってるんだ。

　おれたちが恋を続けていくには、他にない……。

（………）

　って、決まってるのに。

（……なんなんだ、このモヤモヤ……）

なんて――自分に内心で首をかしげた、そのときだった。

だだだだだだっ、ずしゃあっ！

「発・見ーーーーーーーーーーーッッ!!」

「「「!?!?!?!?」」」

飛び上がってしまったおれたち。

突然の大声と、この場に飛び込むように姿を現した一団。

な、なんだ!?　と慌《あわ》てて身構え……たところで、もう手遅れだった。

あっという間に、おれたちは大勢に囲まれてしまってて。

「風紀委員だ！　高等部1年3組由真千晴《ちはる》、中等部2年1組由真ちまり!!」

――そう。風紀委員の腕章をつけた一団に！

「ちょっ……何よ急に！　あたしたちは別に何もっ――」

「高等部2年2組十字ケ原《じゅうじがはら》希衣、君は今回の対象には含まれていない」

ぽいっ！

「なあぁぁっ……!?」

希衣先輩を放り投げるようにどけて、おれたち兄妹だけを囲み直す風紀委員たち。

そして――

「生徒指導室まで連行させてもらう‼」

「うおわっ⁉」

「ひゃあああっ――⁉」

おれたちは大勢に担ぎ上げる形で捕獲され、そのまま連れて行かれてしまった。

――いや、マジでなんで⁉　どういうこと――‼

「連行しました、委員長！」

「ご苦労」

生徒指導室では、鹿宮《かのみや》先輩が待ち構えていた。

おれたちが長椅子《ながいす》に座らされると、部下たちを相変わらずの三白眼で見回して、

「では、全員元の任務に戻れ」

「よろしいのですか？　尋問でしたら我々もお手伝い――」

「私だけでよいと言っているのが分からんか？」

ぎろぉっ！

「「「「もっ、申し訳ありません！」」」」

鋭いにもほどがある眼光に射すくめられ、一斉にビシッと背筋を伸ばす風紀委員たち。

この中では誰より小柄でも、鹿宮先輩の発する威圧感はやっぱり別格だった。まさに、『有無を言わせぬ』って言葉がぴったりハマるくらいに。

「誰も立ち入るな。むしろ人払いをせよ。解散ッ！」

「「「「かしこまりましたッ!!」」」」

蜘蛛《くも》の子を散らす……とはちょっと違うかもだけど、とにかく風紀委員たちは、委員長の一喝で大慌てで出て行った。

本当に誰も逆らえないし口も挟めない、圧倒的で絶対的なボスなんだな……と、改めて認識せざるを得ない光景だった。

「うむ」

そんな鹿宮先輩は重々しく頷くと、おれたちの向かいに腰かけた。

そしておれたちを見比べるみたいにしてから、足を組んで改めて頷いて。

「これでよし」

「……よかぁありませんって」

と一方、おれは声がちょっと低くなり、言葉遣いも少し荒くなってしまった。

抵抗しても無駄だろうと、ここまでは大人しくしてたけども……。

「話が違うじゃないですか！」

ここはもう、先輩の威圧感をはねのけるみたいに、大声で抗議するしかなかった。

「おれたち、ただ普通に希衣先輩と昼メシ食ってただけなのにっ――」

「何を話していた？」

鹿宮先輩はおれの抗議にも、落ち着き払った冷たい声と眼光。

今はお前の抗議を聞く気すらない、と切り捨てるような態度で。

つまり――『オフ』だった金曜とは違う。『オン』だってことかよっ。

「何って、別に……風紀委員長に尋問されるような話は、いっさいしてませんよ」

おれはちまりをかばうように座り直しながら、努めてにらみつけ返す勢いで応える。

そっちがオンだろうとオフだろうと、道理が通らないものは通らない。

話が違う以上、こっちだって気圧《けお》されていられるか！　第一そういうのを気にしそうなのは、どう考えてもそっちのほうでしょうに！

「ほう。すると？」

「……こずこずに関する話をしてただけですよ」

あえてその愛称も出していく。

これも『話が違う』の一環、要するに引き続いての抗議だ。

「じょ、女子同士なら、二十一条違反じゃないんですよねっ？」

おれの出かたが分かったようで、ちまりも頑張って一緒に抗議態勢を取ってくれる。

「なのになんでち――私たち、こんなふうに連れてこられちゃったんですかっ」

「妹の言うとおりです、これは不当な連行ですって。そういうわけでおれたち、帰らせてもらいますからね⁉」

「ま、ますからねっ！」

がたっ！

とそこは兄妹、最終的には自然と息が合い、同じタイミングで立ち上がった。

そんなおれたちに――

「まあ待て」

鹿宮先輩はやはり表情も変えず、だけど『座れ』というジェスチャー。

そしておれが「なんでですか」と言うより先に、

「私がわざわざ人払いした意味を考えろ」

「……え？」

人払いした……意味？

（そんなの……え、言われてみればなんでだ？　おれたちを無理矢理連行して、でも部下を全員下がらせて……尋問する気なら大勢いたほうが、こっちにプレッシャーかけられるはずなのに……ってことは……）

「え、えっと……な、ナイ、シ、ョ、の話が、し、た、い、か、ら……とか、ですか？」

「……ああ！」

「妹のほうが理解は早い——いや、素直なようだな」

目を閉じてちまりに頷き返しつつ、鹿宮先輩は腕を組む。

「部下に連れてこさせたのは、単にそのほうが早かったからだ。それ以上の意味はない。そんなに構えるな」

「……いや、それはちょっと無理ですって」

どうであろうとあんなふうに連れてこられて、身構えないわけがないでしょうっての。

が、鹿宮先輩はまったく気にした様子も見せず、

「では今後は校内放送で呼び出すとしよう」

「えと……じゃあ鹿宮せんぱい、単に私たちとお話したかっただけなんですか？」

「そのとおりだ」

への字口をさらにへの字にして、深々と頷く。

経緯というか、理由は分かったけど……だとしてもだ。

（……おれたちと話がしたい？　この人が、何を、なんで？）

さっき「今後は」とか言ってたから、今日だけじゃなく……ってことだよな。

しかもわざわざ人払いまでして……。

「これは内緒の話だ」

……いや、だからなんで？　だってこの人は、ウチに来たとき——

「兄妹であろうと異性同士。不純な交遊があらば、それは校則第二十一条違反に当たる。……私は先日、そう言ったが」

「は、はあ……確かに仰《おっしゃ》ってましたよね」

加えて、だから学校では付き合ってる感を少しでも出すな、さもないとこの縄で引っ捕らえるぞ、とか脅しめいたことまで言われたわけで。

(こっちとしては正直、この人と話すことはないというか、下手に話そうものなら地雷を踏みそうだし、むしろ話したくないまであるんだけど――)

と、思っていたところで。

がたっ！

「「ッッ」」

鹿宮先輩は急に鋭く立ち上がり、おれたちは揃《そろ》ってビクッとさせられる。

しかしやっぱり、そんな反応を意にも介さずに、ビシッとこちらに指を突きつけて……。

宣言！　とばかりに、言った。

「実の、、兄妹での、、、恋は不純、、、ではないぃッ!!!!!!!!」

「「…………………え？」」

予想外にもほどがありすぎるその言葉に、揃って思いっきりきょとんとするおれたち兄妹。

けど、徹底的にこちらのリアクションを気にもせず、鹿宮先輩は続ける。

「むしろ純粋だ！　誰にも受け入れられず、法的にも許されることはなく、遺伝的にも結ばれ子を成すには問題が多々ある……にもかかわらず！　すべて承知の上で！　それでも血のつながった同士で抱《いだ》く、否《いな》、どうしても抱いてしまう恋……」

「「………」」

「嗚呼《ああ》、なんという尊さ！　なんと崇高なる想い！　これが不純であろうものか!!」

「「…………………」」

「それに、そもそもだ！『妹《いも》』は男が妻や恋人を指す言葉であり、『兄《せ》』は女が夫や恋人を指す言葉ッ!!『兄妹』とは元来そういうものなのだ!!　日本神話を、古事記ないし日本書紀を引くがよいッ!!　いや、そういった辺りを抜きにしてもだッッ!!」

「「……………………」」

「私自身がまず、実の兄妹での純なる恋に激しく惹《ひ》かれ、ときめく性質《たち》ッ!!　これは気づけば身に備わってしまっていた、どうしようもない癖《へき》なのだ!!　一人っ子故《ゆえ》の憧《あこが》れのようなものもあるだろうし、幼少のころよりその手の物語を、好んで読んでいたのもあるのだろうが――とにかく!!」

「「あ、あのー……」」

「うるさい聞けッ！　故に私は実のところ先日は、内心のときめきを抑えるのに必死だったのだッ！　お前たちの肩を持ちたくて仕方がなかったのだッ！　以上、簡単にまとめようッ――
私はお前たちの兄妹の純愛推しだッッ!!　つまりは味方ということだッッッッ!!!!!!!!」

いいいいいいい
びっっっっっしいいいいっ!!

と、鹿宮先輩に指を突きつけられて……。

「「は……はい……ありがとうございます……」」

ぺこり……と揃って、頭を下げるしかないおれたちだった。

いや、だって……「もう分かりましたから」という口すら挟ませず、途中からは舞台劇じみた派手な身振り手振りまで交えた、熱弁ｏｆ熱弁って感じで言われてしまったら……。

圧倒されまくり、もはや異論や疑念を差し込む余地もないくらいに納得させられるに決まってる。

というか、納得すると同時に……。

「い……いいんですか？　その、立場的に……」

「う、うんうんっ、えとっ、み、みんながそう思ってくれるわけじゃないと思うし……」

と逆に、こっちが心配になっちゃうんだけどもっ……！

（いやその、なんだ、うん。とにかく――おれたちにとっては、だ）

落ち着けと自分に内心で言い聞かせつつ、改めて状況を整理する。

――おれたちにとって校則第二十一条は、恋を貫くにあたっての最大の難関。

違反してると思われたら即アウトな、疑われることすら絶対に避けたいもので。

だがしかし。それを生徒に適用し、取り締まる立場の風紀委員たちを、支配（としか言いようがない感じだ）してるこの人が……。

実はおれたちのほうがドン引き寸前レベルの容認派で、味方になってくれるとか……ありがたいことこの上ないのは確かだ。確かだからこそ！

（マジで「大丈夫なのそれ？」感が半端《はんぱ》ないッ……！）

「ふ、風紀委員さんたち全員に、私たちのこと見逃せなんて言っちゃったらっ――」

「ああ、いや。さすがにそれは無理だ」

身を乗り出したちまりに、鹿宮先輩はものすごい怖い顔（たぶん苦虫を噛みつぶしてるんだと思う）で首を振った。

「「……えっと？」」

「すまんが私にできるのは、せいぜいお前たちの仲を内密にし、その上で陰から応援する程度だ。由真兄の言うとおり、立場があるものでな。私は部下の前では、風紀委員長でなくてはならない」

「じゃ、じゃあ、今日こうして……呼んだ？　連行した？　のは……」

「まず、お前たちが恋仲であることを校内で匂《にお》わさなければ、私からも誰かに明かしはしない、という先日の話の念押しだ」

「そ……それは、はい、なるほど、ご丁寧にどうもです……」

「うむ。そして——もう一つ」

　ぎろっ、と音がしそうなほどの目つきでおれたちを交互に見て、鹿宮先輩は、

「応援はする。風紀委員《われわれ》の視界に入らないところで頑張ってほしい。だが——」

「「は、はいっ……！」」

　その「だが」に不穏な気配を覚えて、反射的に背筋を伸ばしてしまうおれたちに、再び鋭く
その手を打ち振るって高らかに言った。

「定期的に私のところへ報告に来いッ！」

「「………………えっ？」」

「えってではない。少しでも仲が進展したならば、すぐさま私に教えるのだ！」

　話が見えないおれたちに指を突きつけたかと思うと、その三白眼から威圧的な光を放って、

「よいか？　今までの話、逆に言えばだ。……私はいつでも簡単に、お前たちの仲を裂ける」

「っっ——」

　本能的に、背筋にゾクッと戦慄《せんりつ》が走った。

「それを避けたいならば……」

　分かってしまった。話が見えてしまった。

この人は、つまり――

「――私をさらにときめかせろッ!!　話を聞かせろッッッッ!!!!!!!!」

どんな手を使ってでも推《お》しの状況が知りたい、ただの厄介《やっかい》ファンというか、超絶に迷惑な兄妹純愛フェチの人だァーーーーーーーーーーーーッ!!

道理は通す人だと思ってたのに。基本的には常識人だと思ってたのに！

実はこんな理不尽な人だったなんてッ……そして、そうだったからこそ！

（と、と、と、とんでもなく面倒くさいことになった気がする……っ！）

いや、おれたちの仲を見逃してくれて、あまつさえ応援してくれること自体は、本当に助かるんだけども――!!!!!!

「だ、大丈夫だった⁉　由真くん、ちまちゃんっ」

猛烈にグッタリした状態で生徒指導室を出ると、すぐ前の廊下で待ってくれていたらしい希衣先輩が駆け寄ってきた。

「なんだか、ものすごく怒鳴られていたようだったけれど……」

……とりあえず生徒指導室って、防音がすごい造りらしいな。鹿宮先輩のあれだけの熱弁が、その程度しか廊下まで響いてなかったみたいだし。

とにかく、とおれたち兄妹は顔を見合わせる。

……何をどう説明したもんかな、あれ。

「まあ……とりあえず今後、逐一報告に来るように、と……」

「何を？　どうして？」

希衣先輩が真顔で首をかしげるのも、そう聞いてくるのも当然だと思うものの……。

（くっ、さすがに詳しく説明するわけにはいかないっ……！）

いろいろ親身になってくれてるのに、大変心苦しいっ。申し訳ありませんっ。

けど、ここでこの人にバレちゃったら、鹿宮先輩とのやりとりが全部意味なくなっちゃうし……！

――ままならないもんだなぁ。なんというか、いろいろ。

「あ、あはは……ほら、いろいろあるから、ちまたち……」

「ああ……確かにね、なるほど。そう、とにかく無事だったのならよかったわ……」

ちまりの説明になってない説明であっさり納得して（たぶん違う方向に、だろうけど）矛を収めてくれるところは、ほんとにつくづく、毎度助かります希衣先輩……！

「でも、だとしたら……むぅ」

内心感謝してたところで急に考え込まれて、おっと、と反射的に少し身構えてしまうおれ。

コロッと納得してくれたと思ったら、予想外の方向から唐突にぶっ込んで来がちなのもまたこの人だからなぁ……な、何を言ってくるんだ⁉

「どうあれ、風紀委員長に目をつけられているのなら、今後あたしも由真くんに積極的なアプローチはできないわね……どうしたものかしら」

（（……あ、この人、諦めてくれたわけじゃなかったんだ……））

と、また顔を見合わせてしまうおれたちだった。

（そうか、今は一時的に自重してくれてるだけだったか……むぅ……）

……返す返す、おれたちの周りは困った人ばかりというか、行く道が茨《いばら》の道すぎないか？

いやまあ、客観的に見て一番困った人間なのは、実の兄妹でガチ恋愛してるおれたちなんだろうけどさ……。

ともあれ。妙に濃かった朝と昼休みを経て……。

おれの主観的にはようやく、放課後になった。

「も、もう来ないんだよなあの人！　俺《おれ》たち、由真んち行って大丈夫なんだよな⁉」

途端に、おれの周りにはたまり場《ウチ》の常連連中が集まってくる。

「鹿宮先輩、どっかの名前を呼んじゃいけない人みたいになってるな……いや、うん、よっぽどのことがないともうウチには来ないと思うけど」

「ならよかったたっ、俺たちのパラダイスは健在だーっ！」

「パラダイスだったのか、ウチ……」

「親の小言ゼロで遊び放題で女子もいる空間！　パラダイスだろうが！」

というか、放課後になったらまず友人たちと、こうしていつものパターン的に話すのも、なんだかずいぶん久々な感じがするな……。

（それだけ週末から今日の昼にかけてが、異常に濃かったたってことか……）

「そりゃ、場所だけならいくらでもあるよ。たとえばほら、隣とかさ」

「ああ、空き教室な。でもマジで場所っつーか空間だけじゃん、自由にできねーし……」

おれが内心で噛みしめてる間にも、友人たちの話はポンポン弾《はず》んでいく。

「テレビもゲームもなけりゃ、女子も来てくれないだろうし。由真んちと違って」

「そう！　ってわけで今日も邪魔するぜ、由真！」

「宗茂《むねしげ》、鍵《かぎ》預かれ鍵！　俺たちのパラダイスの！　由真は今日もちま子ちゃんと買い物して来るんだろ？」

と、最終的にはこちらにまた飛んでくる。

「そりゃそうだ。ってわけでほい宗茂、鍵」

「あいよー……なんかオレ、すっかり鍵預かり係になってんなァ。まあガッチャンガッチャン開けっけどさ」

ダルそうにぼやく宗茂に、みんなで笑う。

……うん、やっぱこれがおれの日常。帰ってきたーって感じだ。

いや、非日常はもううんざりだ、って意味じゃないけども……。

（おれもちょっといったん、落ち着いていろいろ考えたいところではあるし――）


「あっ、お兄ちゃ～～んっ」

みんなといったん別れ、昇降口で普通にちまりと落ち合うのも、なんだか久々な感じだ。

先週はずっと梢ちゃんが、教室からちまりと一緒だったからなぁ……って。

「え？　きょ、今日は一人なのか？」

ちょっと慌てて聞いてしまった。

違和感というか、いつもと違うみたいな……。

（って……いつもと違う、か）

自然にそう考えていた自分にも、内心ちょっと驚いた。

けど、いや、とりあえず今それは置いといて。

「梢ちゃんは……一緒じゃないよな、どうしたんだ？」

「あ、うん。なんか、先に行っててって」

周りを見回しながら確認すると、ちまりはすぐにそう答えてくれた。

じゃあ、遅れて来はするのか。

(ちょっとホッとしたような……)

「………」

「って、ちまり?」

いつの間にか何やら、難しい顔になってるけど……。

「うん……あのねお兄ちゃん、実はね?」

「あ、ああ」

「ちま、覚悟は決めたけど……タイミングがつかめなくって」

「……それって、その、なんだ。梢ちゃんに……だよな」

「うん……休み時間でパパッとじゃあんまりにあんまりだし、お昼はああだったから、帰り道かなぁ、お兄ちゃんには先に行っててもらって……とか思ってたんだけど……」

……かわされる形になったわけか。

そしてちまりはおれを見上げたり、中等部校舎への廊下に目を向けたりを落ち着かない様子で繰り返す。

「どうしよう。言うならもう、なるべく早いほうがいいと思うんだ。長引かせても残酷な気がするし……だから今日はちま、お兄ちゃんのお部屋に行くのやめて、戻って梢ちゃんと話すべきなのかな……」

まさに、ここぞというタイミングをつかみかねてしまってるのが窺《うかが》えて……。

そして同時に、改めて思い知らされる。

――本当に本気なんだな、ちまり。

（ひょっとして……梢ちゃん、それをなんとなく悟ったんじゃないだろうな）

なんて、連想するみたいに考えてしまった。

いやほら、ちまりはこのとおり顔に出るタイプだし。梢ちゃんはそんなちまりを、日中ずっと見てただろうし。

だからいったん、間合いを外した……というか、なのか……。

（……おれと同じように、いったん落ち着いて考えたいところだったのか……）

自分の心境について。相手の気持ちについて。そして……自分はいったいどうすべきなのかについて。

（そう。おれは正直、今……そこがちょっと分からなくなってるよな……）

間違いなく恋敵《こいがたき》である梢ちゃんに対して、敵意というかなんというか……とにかくだ。

『彼女に横恋慕されてる彼氏が普通、その横恋慕相手に抱くはずの気持ち』が、どんどん少なくなっていってしまってる。

かといってちまりを梢ちゃんに譲るなんて気持ちも、当たり前だけどいっさいない。

梢ちゃんの気持ちを認め、尊重し、敬意すら覚えてて……あの子に好感をも、抱き始めてるのに、だ。

……支離滅裂だ。我ながら、つくづく。

おれはいったいどうしたいんだ。どうなってほしいんだ。

(分からないから……どうするべきなのかも、分からないッ……!)

「お兄ちゃんっ、とにかくちま——」

と、おれが考え込んでる間に、心を決めたらしい。

ちまりは意気込みながらこちらを見上げ——

た、ところで。

「——ここで追いつけましたか」

(っっ……)

横合いから声をかけられ、おれは思わず息を呑んでしまった。

「千晴さんと合流してすぐに、下校しなかったんですね」

声の主はもちろん、梢ちゃん。

(さ……最高のタイミングすぎるだろっ!)

と、続けて考えてしまうに決まってた。

だって、ちまりが「いざ!」と意気込んだところを狙《ねら》い撃つ、カウンターパンチみたいな登場の仕方をするとか……。

狙っていたのかいないのかは、もはやどっちでも変わらないから別にいい。

問題なのはどのみち、ちまりにとってこれはまた、つかめなくなるパターンだという――

「～～っ……梢ちゃんっ、ちょうどよかったっ！」

ちまりは全身に力を込め、梢ちゃんを見据《みす》えてそう言った。

おれはさっきとは違うふうに、思わず息を呑む。

――先ほど改めたばかりの認識以上に、ちまりは強い子だったらしい。

またタイミングを外されても、もう心を決めた以上は、何がなんでもつかんで離さないと……。

「話が、あるの!!」

健気《けなげ》に、ひたむきに踏ん張って、親友に向かってまっすぐ向かっていった。

（ちまり……！）

だからおれは驚きと共に、鳥肌が立ちそうなくらいの感動を覚えた。

ああ、妹は世界一可愛い天使なだけじゃなくて、ここまで強い――

「奇遇ですね、ボクもです」

「……えっ？」

梢ちゃんの淡々とした返しに、さすがのちまりもきょとんとした。

「ここではなんですから、歩きながらにしましょうか。というわけで行きましょう千晴さん、ちまり」

と、梢ちゃんはよどみなく言葉を重ね、そのまま先に立って歩き出す。

まるで全部、予測してたかのような振る舞い。

「……あっ、う、うんっ、まま待ってよぉ、梢ちゃぁんっ……！」

もうつかんでしまっていたちまりは当然、それに引き込まれ、つんのめるみたいに慌てて追うしかなくて。

そんな中等部女子二人の、ある種の攻防じみたやりとりに……。

「…………」

――二人とも、すごい。

自分の気持ちがよく分からなくなってるおれからすると、二人の強さと迷いのなさは、まぶしいくらいで。

（と……とにかくおれも追わないとっ！）

我に返って、ぱん、と頬を自分で叩《たた》いた。

――そう。とにかく今は、二人の成り行きを見逃すわけにはいかない！

大急ぎで、おれも二人の背を追った。


三人で、足早に校門をくぐる。

それはまるで、学校の敷地内じゃ言えない、聞けないことだから、少しでも早く遠ざかろう……なんて暗黙の了解があるような速度で。

そして最初の角を曲がり、校舎が見えなくなった——ところで。

「——実はですね」

先に口火を切ったのは、梢ちゃんだった。

「ま、待ってこず——」

「今週末、デートに行きませんか？」

「っっ……!?」

制止をかけようとしてかぶせられたちまりは、ギクッとこわばる。

だけど、歩く足は必死に止めない。

それは梢ちゃんも同じだった。足を止めず、前を向いたまま——

「ちまり的には『友達と遊びに行く』だと捉《とら》えてもらっても、ボクは一向に構いません。ただ、どうあれボクとしては、デートのつもりで誘っていますというだけで」

畳みかけてくる。いくらでもちまりの中で、言い訳が作れるような誘いかた。

「そんな感じで……そうですね、日曜日ですかね。どうでしょうか、ちまり？」

と、そこでようやく、ちまりに目を向けた。いつもの調子で首をかしげた。

「っ……っっ……〜〜〜〜っっっ!!」

ちまりは——急ブレーキをかけるみたいに、そこでザザッと足を止めた。

「……ちまり？」

どうかしましたか？　ととぼけるように、さらに小首をかしげた梢ちゃんに――

「ご………ごめんなさいッ!!」

ちまりはそんな大声と共に、深く速く頭を下げた。

「………」

梢ちゃんも、これにはさすがに言葉を飲み込む。

そしてちまりは頭を下げたまま……。

「デートには行けませんっ……ちま、ちまはっ……お兄ちゃんの彼女、だからっ……」

「………」

「ちまは、梢ちゃんとはお付き合いできませんっ!!」

言った。

ついに。それを。

押し負けずに、必死に踏ん張って。

「…………」

梢ちゃんは――それに対して、なんの反応も見せなかった。

できなかったのか、懸命に押し殺しているのか。

そんな彼女へ、ちまりはガバッと顔を上げた。

「…………～～～～っっっっ‼」

健気に健気に、こらえようとしているのは分かった。

だけど、込み上げる感情は抑えきれず、梢ちゃんを見つめるその瞳には、みるみる涙が浮かんできて……結局。

「もっ、もうっ……困りたくないのっ！　ふあっ、ふぐっ、こ、梢ちゃんをもうっ、もうっ困らせたくないっからっ、ああっ、ふあぁ、うぐっ……ふぁ、ふあああぁ～～～～っ‼」

（ちまり……）

それでもなんとか言葉を絞り出し、だけど最後にはもう、泣き出してしまっていた。

妹のそんな頑張りに、おれは今すぐ抱きしめてやりたいくらいの感動を覚えて……。

「……ちまり」

そして梢ちゃんも、もはや鉄面皮を保っていられなかった。

切なげに眉《まゆ》を寄せてちまりの名を呼び、一歩……歩み寄って。

「そんな……泣くなんて……」

同じく、絞り出したような声。

「梢ちゃっ、ごめっ、ごめんねぇっ……な、泣いちゃうのだけはダメって思ってたのにぃっ……！」

ちまりはがむしゃらに目元を拭《ぬぐ》いながら、その言葉に懸命に応えようとする。

「こんなのっ、こまっ、困っちゃうよねっ、ごめん、ごめんねっ、ちまっ決めたのにっ、ふぐっ、決めたから、もう泣かないから、だから梢ちゃんっ――」

たまりかねたおれが、健気にもほどがある妹に駆け寄ろうとした――ところで。

「――いえ、ありがとうございます」

梢ちゃんはいきなりいつもの調子を取り戻し、お礼を言った。

え？　とおれは呆気《あっけ》にとられるみたいに足を止めてしまい……、

「…………………ふぇ？」

ちまりもまた、涙目を大きく見開いて呆気にとられていた。

――ありがとうって、どういう意味？

兄妹、同時に思ってしまったのが分かった。

「話は分かりました」

こくん、と梢ちゃんは自分のペースを崩さない。

落ち着いた、淡々とした調子で、

「ボクとお付き合いはできない。話は分かりましたが、分かるわけにはいきません」

続けてそう言った。

「「………」」

おれもちまりも、頭が追いつかない。

ただただ、ぽかんとするばかりで。

梢ちゃんの表情のない顔に見入ってしまうばかりで。

そんなおれたちの視線の先で、彼女は改めて、ゆっくり唇を開いた。

「なので――デートに行きましょう」

「「なんでぇっ⁉︎⁉︎」」

兄妹揃って、思いっきり狼狽《うろた》えさせられた。

いや、ちまりはそれでも懸命に気力を振り絞り、梢ちゃんに取りすがるみたいになって、

「なっ、なんで、なんでそうなるのぉっ……⁉︎」

率直な疑問を投げかける。

梢ちゃんはすぐ、頷いて答えた。

「ボクに最後の思い出をください」

「うっ……⁉︎」

そう言われちゃうと！　と言わんばかりにギクッと後ずさるちまり。

しかし梢ちゃんは詰め寄って逃がさない。

「そんな些細《ささい》な望みすら、許してはもらえませんか？」

「そっ……それはっ……それはぁっ……！」

「……ボクのすべてを拒むつもりなら、それでも構いません」

「そそそんなことはっ……！」

「ならデートに行きましょう」

「ううぅっ⁉」

「後生です。お願いです」

「ううぅっ……うううう〜〜っ……‼」

「ただ一緒に遊んでくれるだけでいいですから」

「うあっ……あうあうあうあうあ〜〜〜〜っ‼‼」

ぐいぐい詰め寄ってくる梢ちゃんに押され、最終的にちまりはもはや、戸惑いの叫びを上げることしかできなくなり……。

——このままじゃ押し切られる！

「っ……‼」

そう感じた瞬間、おれはハッと我に返った。

自分がどうすればいいのか分からない、じゃないだろ！

どうあれ妹《かのじょ》がこんなに困ってるのに、黙って見てる兄《かれし》がいるか！　と——

再度、足を踏み出そうとしたそのときだった。

「なんなら千晴さんも一緒でいいですから！」

「………………えっ？」

梢ちゃんの口から飛び出した提案に意表を突かれ、また止まってしまった。

意表を突かれたのは、ちまりも同じだった。

目を丸くし、少し戸惑い……それでも、梢ちゃんの言葉の意味がじわじわ理解できたのか……。

「お……お兄ちゃんも一緒で、いいの……？」

まさかとは思うけど、といった様子で問いかける。

「構いません。むしろお願いします。三人で、行きましょう。お出かけしましょう」

梢ちゃんはやはり、すぐに頷いて答えた。

「…………」

恐る恐る窺うように、ちまりはおれに視線を向けてくる。

それなら……い、いいよね？　お兄ちゃんも、いいよね？　という顔だった。

おれはコクコク、頷いて返すしかなかった。

いや、おれも一緒ってどういうこと？　それデートなの？　とかは思いはしたけど……。

——正直、おれとしては、なんというか助かる。

置いていかれずに済む。

今のおれとは違い、自分でこうと強く心に決めて、突き進もうとしてる……この二人に……。

「————!!」

おれの頷きを目にすると、ちまりはパアァッと笑顔を輝かせた。

「う、うんっ、分かった梢ちゃん、それならちま、行くっ！　お兄ちゃんと一緒に！」

「……ありがとうございます」

「日曜日ね？　どこ行くっ？」

「詳細は後で連絡します」

「分かったー！」

悩ましい状態から解放されたからか、ちまりは途端に元気を取り戻し、弾むような足取りで先に立って歩き出した。

その背中を、揃って眺めてしまったおれと梢ちゃんだったけど……。

ふと、目が合った。

「………」

梢ちゃんはすっと、すぐに視線を外した。

表情は相変わらずない。

だけど……その視線の動きには、何かしらの意味があった気がして。

「……おれも一緒のデートで、『最後の思い出』になるのか？」

と、つい確認するみたいに聞いてしまった。

すると梢ちゃんは、ふ、と少し鼻から息を抜いて……。

「……最後にするつもりはありませんので」

視線を外したまま、小さく、ちまりに届かないくらいの音量でそう応えた。

「……え？」

「一度断られたくらいで諦められるなら、最初から告白なんかしませんし……」

「う……うん……」

「ちまりはまた泣いてくれました。泣かれてしまったら……無理ですよ」

やれやれ、と肩をすくめて。そして。

「ですから……まあ、千晴さんに言うことではないんでしょうけど……」

そこでようやく、再びおれと視線を合わせた。

まっすぐに。

「なおさら諦められません。諦めるわけにはいきません」

「――――」

今日何度目かの息を呑んでしまうおれに、梢ちゃんは――

「……粘って粘って粘って、活路を見いだしてみせますよ」

噛みしめるようにそう言った。

……だからおれは、やっぱり思ってしまった。

（す……すごいなこの子は……！　つくづく……ッ!!）

第四章

正直、自分でもまだよく分かりませんけどね？

それにしても、だ。

「あっ、お兄ちゃ～～んっ！」

……改めて、おれの妹は本当に、その可愛《かわい》さでキラキラ輝いてるみたいだ。

大勢の人で賑《にぎ》わう日曜午前の駅前でも、すぐに見つけられるくらいに。

「悪い、待たせたか？」

「あはっ、ううん、ちまも今来たところ！」

「はは……デートみたいだな？」

「みたいじゃなくて、デートだよっ」

「梢《こずえ》ちゃんと合流してからがスタートじゃないか？」

「言われてみればそうかもっ」

「で……どれくらい早くに来て、待っててくれたんだ？」

「い、一時間ちょっと前くらい」

「気合い入ってるなぁ……」

と、おれはちまりの全身を、改めて眺め回す。

「服装含めてさ。うん、いつにも増して可愛いな？　今日のちまり」

――そう。だからもう、おれの目にはまばゆいくらいだ。

いや、格好の系統自体はいつもどおりの、ちょっとパンクっぽいファッションではある。

髪型もおれとの初デートのときみたいな下ろし髪じゃなくて、おなじみのツインテールだし。

けど、今日はアクセサリー多めだったり、ツインテールはツインテールでもそこに編み込みが加わってたり……。

あと、気のせいじゃないよな、唇が……カラーリップかな？　こう、なんだ、中等部生にできる精一杯の背伸び！　って感じでかすかに、ほんのりと色づいてもいたりで。

お化粧っぽいことをしてるちまりを見るのは、七五三なんかの特殊な例を除いたら、これが初めてだ。

なので正直、非常に新鮮で――

「えへ、えへへ、えへへぇ、ありがとうお兄ちゃんっ……やったぁっ……！」

「……頑張って『とっておきのちまり』にしてきたんだな」

「そりゃそうだよっ。だってデートはデートなんだから、やっぱりお兄ちゃんに特別だーって思ってほしいし……」

「うん……おれこそありがとうな。その気持ち、すごく嬉《うれ》しい――」

「それにね！」

と、ちまりはそこでこぶしを胸の前で握り、フンスと気合いを入れて。

「今日は梢ちゃんに、思い出を作ってもらう日でもあるんだもん。ちま、ちゃんと、せめて、いい思い出にしてほしいんだもんっ……」

一生懸命に、意気込んでそう言うのだった。


――三人デート当日の今日まで、なんだかあっという間だった。

まあ、あの月曜と比べたらそれ以降がウソみたいに何もない、穏やかな日々だったからそう感じたんだろうけど……ともあれ。

梢ちゃんからは火曜日に、行き先の提案の連絡が来た。

電車＋無料送迎バスで一時間ちょっとの、水郷公園の中にある県営水族館でどうでしょうとのことだった。

おれもちまりもそこには行ったことがなかったし、そもそも（名目上の）目的は、さっきちまりが言ったように梢ちゃんの思い出作りだ。

だから異論はなく、では当日十時に向こうのバス乗り場で待ち合わせ、となった。

というわけで当日の今日、おれたち兄妹は地元駅でこうして落ち合って……。

まずは電車に乗り、一緒に揺られることしばらく、だった。

「…………」

改札を通って以降、ちまりは口数が少なくなっていた。

といっても、別に落ち込んだり塞《ふさ》いだりしてるわけじゃない。

むしろその逆で、気合いを静かに高めていってる感じで……。

ドアに身体《からだ》をもたれ、窓の外に流れる景色を眺めながら、その輝くような可愛らしさは少しも色あせていなかった。

……というか本当に可愛いな、今日のちまり。

（また……少し、妬《や》けるくらい……）

梢ちゃんのために頑張って、おしゃれをしてきたんだとは聞いた。

その気持ちは分かる。分かるけども……。

（……おれとのデートのときより気合い入ってるとか）

なんて、頭のどっかで思ってしまうおれはつくづく心が狭い。

（いかんいかんっ、こんなおれじゃちまりにふさわしくないっ……！）

と、顔を振る。

だけど反面、仕方ないなと感じてる自分もいた。

というのも……そもそも今日の三人デート、おれはいったいどういうスタンスで臨めばいいんだ？　ってところがあって。

形としてはちまりと梢ちゃんのデートに、おれも同行させてもらうような感じではある。

だとしたら、付き添いというか保護者的な？

いやでも、本来デートは恋人同士がするものだし。つまり『おれとちまり』の組み合わせがメインじゃないとおかしいし。

でも今日の主役はあくまでも梢ちゃんで、彼女がちまりと最後の思い出を作るというのが（向こうの思惑はどうあれ）目的だ。

それには本来、おれは必要ないはずで。

けどちまり的には、おれと一緒じゃないと行くには抵抗があった。

だからちまりの中では、『自分とお兄ちゃんが、梢ちゃんとデートする』って構図になってる気がするわけで……。

そうなったらおれ的にはもう、自分がどうしてればいいのかさっぱり分からない。

――だとしても、『一緒に行かない』という選択肢もない。

（ああもうっ……ほんとおれは支離滅裂だ、ここんとこずっとっ……！）

と、きちんと整えてきた髪を、グシャグシャ掻《か》き回してしまいたい衝動に駆られたときだった。

「――お兄ちゃん」

不意に、ちまりに呼びかけられた。

ハッと我に返るみたいに顔を上げると、ちまりは車窓の向こうの風景に、遠い目を向けた

まま、

「このリップ……ヘンじゃないよね……？」

そっと、色づく唇に指を当て、聞いてくる。

「う、うん、絶妙なほんのり感だから、絶妙に可愛いけど……」

「……えへっ、ありがと……あのね？」

はにかみ笑いが浮かんだかと思うと、すぐにそれは、困ったような苦笑に変わって。

「梢ちゃんと一緒に選んで、買ったんだ。これ」

「…………」

「梢ちゃん、ちまりは絶対これが似合います、って言ってくれて」

「……だから今日、つけてきたのか？」

「うん……お兄ちゃんとのデートのときは、なんか違うな、お兄ちゃんならお化粧みたいなことしてない、そのままのちまりのほうが喜んでくれる気がするなって思って、つけなかったけど……」

──そういうことだったのか。

じゃあ、今身に着けてるアクセサリーとかも、ひょっとして……。

「……梢ちゃんはこうしたほうが喜んでくれるよね、って」

「そんなの……大丈夫だ、嬉しいに決まってるだろ」

「うんっ。ありがとうお兄ちゃん、ほんとに……今日は……」

そこでちまりは、おれに向き直って。

また、少し大人びた微笑を浮かべて言った。

「いい思い出に、してあげなきゃなんだもんね」


——そうして目的駅に到着し、すぐバス停に向かったおれたち。

幸い、梢ちゃんの姿もすぐに見つかり……。

「どうも。では、このデートをいい思い出にしてあげましょう」

「それちまの台詞《せりふ》ぅーーーーっ⁉」

なんかいきなりぶっ込まれて、電車で浮かべていた大人びた表情なんかすっ飛び、思いっきり狼狽《うろた》えるちまりだった。

「えっ、ぎゃ、逆だよね？　ちまの台詞のはずだよね、それっ」

「そうでもないです。ちまりのいい思い出になれば、それはボクにとってもいい思い出になりますから」

「な、なるほど……でいいのかな……えっとぉ……んんん？」

……まあ、「自分のことばかり気にする必要はない、ちまりにもちゃんと楽しんでほしい」ってことなんだろう。たぶん。

相変わらずのマイペースな言動だったけど、そういう意味ではちまりへの気遣いだ。意気込んでやってくるのを、予測してたんじゃないかって気がする。

……なんておれが考えていたら。

「それよりも」

梢ちゃんは表情を変えずに目だけ輝かせ、ずいっとちまりに迫ってきた。

「え？　う、うんっ、なあに？」

「今日のちまりはちょっと可愛すぎませんか？」

「――――」

「いや、いつも可愛いです。ですが今日は格別です。ちまりらしさ全開でありながら、華やかできらびやかで」

「あ、う、うんっ、えとっ、あああありがとうっ――」

「このアクセサリー。これもこれもこれも、ボクと一緒に買ったものですよね？　着けてきてくれたの、とても嬉しいです。ちまりの気持ちを感じます。だからなおさら可愛らしく思えます、もう最高です」

「あうあっ……な、ならよかった、ちまもその、ぜったい着けてかなきゃってて っ……」

「そしてなによりそのリップ！　ボクが選んであげたやつですよね？」

「ひゃ、ひゃいっそうですっ」

「まさか今日、つけているところを見せてもらえるとは……感激です、最の高です、やっぱり猛烈に似合っています！　少女が健気《けなげ》につま先立って、ほんのわずかな、でも精一杯の背伸びをするかのような風情《ふぜい》……もう可愛い以外の何物でもありません、可愛いの天才ですか、今日のちまりは世界一可愛いです！」

「あぅあぁっ……!?　すすすすごい褒《ほ》めてもらえてるっ……！」

怒濤《どとう》の褒めちぎりで寄せられて、ちまりはもう真《ま》っ赤《か》になって大慌《おおあわ》て。

しかしそれでも、土俵際《ぎわ》で踏ん張るのがここのところのちまりだった。

「ありがとうっ……こ、梢ちゃんも今日すっごく素敵だよ！」

「……そ、そうですか？」

「うんっ！　梢ちゃん私服だとパンツ系が多いけど、今日はすっごい、すっごい可愛いワンピースでっ……でもいつもの落ち着いてる感じもちゃんとあってっ……あと色っぽいのもあってっ……すっごく素敵！」

一生懸命褒め返してるちまりに、それは確かに、と内心で同意するおれ。

梢ちゃんと合流したときから、正直思ってはいた。

制服じゃないとわりとラフというか……よく言えばカジュアルな、悪く言えばあまり服装に思い入れがなさそうな、しゃれっ気のない姿ばかりの印象だっただけに……。

普通に女の子っぽい、可愛らしくも落ち着いた柄と色合いで、かつ腰のところが絞られてる

から胸の膨らみがいつにも増して強調されてて、セクシーでもあるワンピースを着た今日の梢ちゃんは……うん。

（おれの目から見ても、素直に魅力的だし……ちまりと同じく、特別感があるというか……）

「特別な、とっておきの梢ちゃんを見せてもらえてるって、嬉しくなっちゃうくらい！」

ちまりも似たように感じていたらしい。真っ赤なまま両こぶしを握りしめて、力を込めてそう締めくくった。

が、まあ梢ちゃんのことだ。やっぱりマイペースに、淡々と受け流すんだろうけど……。

「——トゥンク……」

「ふぇ？」

「ときめいた音です。そう、ボクは猛烈にときめいてしまいましたよ」

「え、あ、やっ……？」

「ボクをこんなにときめかせてどうするつもりなんですか、正直もう抱きついてしまいたいくらいなんですけど。いえもう抱きついてしまいます。大好きですちまり。ボクの精一杯をちゃんと感じてくれて嬉しいです。これだからボクはキミが好きなんですああもうむぎゅー」

「!!」

今までになくストレートかつ一気に想《おも》いをあらわにしたかと思うと、その勢いのままにちまりを抱きしめる梢ちゃん。

い、意外にも鬼攻めに転じてきた……だと……ッ!?

「好きです、好きです、大事にしたいです、大好きです」

「はぁうっ……!?　うっ、う、うんっ、ち……ちまも、だよっ、うんっ……！」

そして結局思いっきり押し負けて寄り切られて、あわあわと大照れ&大慌てでそう応《こた》えるしかなくなったちまり！

（きょ、今日の梢ちゃんはいろんな意味でひと味違うっ……！　粘って粘って活路を見いだしてみせると、おれに言っただけのことはある……ッッ!!）

——と、おれはおれで、なんだか実況の人みたいになってしまう始末。

いやでも、これじゃいけない。依然として今日のスタンスをつかみかねてはいるけど、少なくとも二人のやりとりをただ見てるだけなのは絶対にマズい。

「あ、あー、そろそろバス来るぞ？　ほらほら、抱き合うのはそれくらいにしておいて」

「おっと」

「ひゃうっ」

ちょっと強引《ごういん》に割って入って二人の肩をつかんで、なだめるように引き離させた。

「う、うんっ、そうだよね、ありがとうお兄ちゃんっ……」

ちまりは我に返ったみたいな顔で、コクコク頷《うなず》いてお礼を言ってくれる。

一方、梢ちゃんは……。

「……………」

落ち着きを取り戻した様子になって、おれを見上げてきて。

──あ、これは「邪魔しないでください」とか言われるか？

と身構えていたら……。

「……そうですね、ありがとうございます」

って……あ、あれ？　お礼……なの？　いいの？

「あと、申し遅れましたが、千晴《ちはる》さんもデートらしい装いでいいですね。ち、ちまりと、と、並ぶと、と、て、て、て、て、ても、しっくりきます」

「……………」

続いた言葉の意外さに、ますますきょとんとしてしまった。

「そっ、そうだよね！　お兄ちゃんもかっこいいよね、やっぱり嬉しくなっちゃうくらい！」

ちまりは素直に喜色満面で、おれの腕に飛びついてくるくらいだったけど……。

「そうですね。……そしてバスが来ますね、さてではいよいよ本番、水族館ですよ」

「うんっ！　あはは、ちま、ここの水族館初めて！」

「実はボクもです。千晴さんは？」

「えっ？　あ、いや、う、うん、おれも初めてだけど……」

「では全員で、揃《そろ》って初体験ですね」

「…………」

梢ちゃんは、ちまりに腕を抱かれたままのおれにも、普通に話を振ってきてくれる。

……経緯が経緯だ。正直、梢ちゃんは今日、おれは居て居ないものとして扱う可能性もあるとか思ってた。

しかしどうやら、そうじゃない。

おれとちまりを普通にカップルとして扱いつつ、自分は自分でちまりに粘り攻めするつもりのようで……。

（……いいのか？　それで……）

思っていると、向こうからやってきた送迎バスがおれたちの前に止まった。

「ひゃ」

そこで梢ちゃんは、ちまりの片手を引き寄せ、握りしめて引いて。

「さあ行きましょうちまり、千晴さん。ボクがバスに乗せてあげますから」

やっぱり、おれを含めて微笑《ほほえ》みかけてくる。

「あはは、バスは初めてじゃないよぅ、梢ちゃん〜。でもありがと、手を引いてくれてっ」

「――トゥンク……」

「またときめいてる⁉」

「手を握り返しながら素直にお礼言ってくれるちまり、可愛いにもほどがありますよね千晴さんっ」

「そ、それは同感だけども！　バス乗るんだろ、運転手さん困ってるから！」

「おっと、そうでした失礼しました。つい」

「あはははっ……もぉ……」

「…………」

いや、うん。梢ちゃんがそれでいいなら、こっちもありがたいけども。

（やっぱ……いいのか？　それで……）

とは……って、それこそおれが考えることじゃないんだろうが……。


ともあれ、バスに揺られて二十分弱。

到着した水郷公園の中を通り抜けて、おれたちはいよいよ水族館に入った。

ちなみに前にも触れたとおり県営なので、入場料はちまりたち中学生まで100円、大人と同じ区分の高校生でも400円というリーズナブルさだった。

その辺りはたぶん、梢ちゃんもしっかり考慮したんだろう。

いくら特別なデートだからといっても、身の丈を派手に超えるような出費がある行き先ではよくない、みたいに。

その地に足が着いた感覚は非常にありがたく……。

なのでおれもちまりも、すんなり『楽しむモード』的なものに入ることができて。

「わあぁっ……！」

と、ちまりは入って最初の水槽に、さっそく目を輝かせながら駆け寄るくらいだった。

「見て見てお兄ちゃん、梢ちゃん！　いっぱい泳いでる！　綺麗《きれい》なお魚っ……いろんな色のっ……！」

「うん……えーっと、ヒレナガニシキゴイ、らしいな。ここの水槽は」

「ほんとだヒレ長いっ。綺麗だねーっ……！」

歩み寄ったおれの腕にまた抱きついて、興奮した感じでぐいぐい。

その感触とちまりの速攻かつ素直すぎる子供みたいな喜びように、おれもすぐに顔がほころび、気持ちが浮き立ってしまう。

「はは……まあ、なんだ、そうやって――」

「そうやって喜んでる、ちまりの笑顔のほうが綺麗ですよ」

「！」

「そうそれ！」

追いついて来てコメントした梢ちゃんに、ちまりはハッと顔を赤らめ、おれは反射的に全力同意。

「このまるっきり子供みたいな反応が、たまらなくいいんだよなぁ」

「まったくです。どんどん見せてほしいものですね」

と、流れのまま言い合ってしまうおれたちに……。

「もっ、もぉ～っまた二人がかりでぇっ。ちま、それ顔熱くなっちゃうからぁ、っていうかここ水族館なんだから、お兄ちゃんも梢ちゃんもちまじゃなくてお魚見てよぉっ」

色とりどりのヒレナガニシキゴイをバックに、照れまくって身体をくねらせるちまりだった。

なもんで、おれは苦笑しながら。梢ちゃんは肩をすくめつつ、視線を合わせてしまう。

(って……これ、なんだか少し懐《なつ》かしいような、久々のような……)

そこでふとそんな感覚がして、頭の中で振り返る。

――梢ちゃんがちまりに告白してきて、すぐのころ。

おれと梢ちゃんが意気投合し、そしてまだウチに鹿宮《かのみや》先輩が来る前の、あの『膠着状態《こうちやく》』だった数日間。

そう。おれたち三人は、まさにこんな感じだった。

方向性は違えど、同じく禁断の恋をしてる同士。

だからこそ通じる――他《ほか》の人間とは共有できない――感覚を、三人だけで抱《いだ》いているという独特の空気感で……。

(うん……あれがあったから結局おれたちは、このなんとも言えない三角関係を崩す踏ん切りがつけられなくて……今に至ってるような……気が……)

「魚は見ます。ですがちまりのことはもっと見ます。何故《なぜ》ならボクは魚よりちまりのほうが好きですから」

「⁉⁉　だだ、だから梢ちゃぁんっ――」

「ちまりの照れっぷりは可愛らしくもどこかセクシーですね、いいです、すごくいいです、ボクは正直、見とれてしまいます」

――いや、あのころと今は状況が全然違うって分かってるけどね！

梢ちゃんはもはやこのとおり、隙《すき》あらばちまりに迫りまくりの攻めまくりモードに舵を切ってるし！

「きょ、今日の梢ちゃん、なんかすごいんだけどぉっ……！」

「悔いを残したくないですからね、感じたことは素直に言っておきます。――写真を撮っていいですか？　永遠に残しておきたいくらい、ちまりが可愛くて愛《いと》おしいので」

「はぅあぅあぅあぁ〜〜んっ⁉」

「パシャッと。はい、いい絵いただきました」

「えっもう撮っちゃったの⁉」

「撮りました。さっそく確認します。……むぅ、やはり底抜けに可愛い……可愛いの女神ですか……ちまりは……」

「真顔！　ふあぁん、なんかすっごい恥ずかしいっ……けど、これが最後の思い出になるなら断れないよぉお兄ちゃぁ～～んっ！」

複雑な心境をそのままぶつけてくるみたいに、ちまりはおれに駆け寄り、飛びついてくる。

おれは身に染《し》みついた兄の感覚《かれし》で、反射的に抱き留めちゃったけど――

（あ、これは梢ちゃん、複雑だろっ……）

とも、自然と思ってしまった。気にしてしまった。

この辺りはまだスタンスを計りかねてる、おれの複雑な心境がモロに出てる部分で……。

「…………」

そして梢ちゃんは……。

「「……へ？」」

「はい、二人とも。もっと互いに身体を寄せてください」

抱き合ったまま揃ってきょとんとしたおれたちに、当たり前みたいにスマホを向けて。

――パシャ！

「「…………」」

「ＯＫです、ツーショットも撮らせてもらいました。これはあとでまとめて送りますね」

今撮った写真を確認してるんだろう、スマホをのぞき込みながら、梢ちゃんは淡々とそう
言って頷く。

……普通に。

「え、えとっ、そのっ……つ、ついお兄ちゃんに抱きついちゃったちまが言うのもなんなんだけど……」

切り出したのは、ちまりが先だった。

「い……いいの？」

それそれ！　と心の中で全力同意しつつ、おれはコクコク。

落ち合ったときにも、バスに乗るときにも見せてた振る舞いだけども……。

「梢ちゃんの、思い出を作る日なのに……」

ちまりの認識ではそうだ。

そして、おれが知ってる実情では、今日は彼女にとって『粘って粘って、自分の恋をつなぐための活路を見いだす日』で。

なのに……おれとちまりがくっついてるところまで、きちんと写真撮ったりしてて……いいのか？

「はい」

梢ちゃんはやはり、普通に頷いて答えた。

「最初に言ったとおりです。今日はちまりにとっても、いい思い出になってほしいですから」

「「…………」」

その言葉に、再び黙ってしまうおれたち兄妹。

けど、受け取りかたは、おれとちまりで違っていた。

「な、ならっ……」

ちまりはパァッと、許しを得たかのように笑顔を輝かせた。

「このままお兄ちゃんの腕抱きながら、お魚見ていっちゃうね！」

言葉どおりに受け取って、したいままを素直に表すことにしたようだ。

「その屈託《くったく》のない笑顔も可愛いです、たまらないのでまた写真撮っちゃいます」

「あ〜も〜っ梢ちゃ〜んっ、あははっ、だから恥ずかしいってばぁ〜っ」

「どうやら先に、水槽に入ってるように見える写真が撮れるところがある模様です。そこでも撮りましょう、そしてボクもちまりとツーショット写真撮っていいですか？」

「うんっ、もちろんっ！」

「その当意即妙でまっすぐな返事。まさにボクが、ちまりを大好きなところです」

「へ、へへへ、ちま、普通にしてるだけなんだけどなぁ」

「つまりありのままのちまりが好きということですね。そもそも、ボクがちまりを好きになったきっかけはですね――」

「あ、うんうんっ――」

と、二人は話し込んだまま歩き出す。

なのでおれも腕を引かれる形で、足を運び……ながら。

（……おれが逆の立場なら、あり得ない）

どうしても、考えてしまうのだった——

その後に続くどの水槽でも、ツーショットを撮るときにも。

野外の池や餌やり体験コーナーでも、梢ちゃんの態度は変わることはなかった。

「むぐむぐ……うん、美味《おい》しいですねこのお菓子」

「ね～っ！　あはは、しかもお土産をその場で食べちゃうなんて、なんか楽しいねっ」

「ちまりが楽しいと、ボクも楽しいし嬉しいです。というかですね、どこまで人を嬉しくさせてくれるんですか、ちまりは」

「だから普通にしてるだけだもん、そんなこと言われても～っ」

と……水族館を出て、付設されてるお土産コーナーで買ったお菓子を、公園のベンチでお昼代わりに食べている今も……だ。

おれとちまりを並んで座らせ、自分は向かいに座って。

つまり、おれたちが寄り添うみたいに並んでるところを当たり前に受け入れ、受け止めて、ペースや表情を崩すこともなく。

（……おれなら絶対、切なくなっちゃうって。耐えられないって！）

だからそれこそ、来るときに想像していたとおり……。

邪魔者は居て居ないものとして扱って、自分の目的——交際を断られても粘って粘って、なんとしてでも望みをつなぐ——に必死になって当然なのに。

（どうして、この子は……）

「……あっ」

なんてときだった。

ちまりが急に、何かに気づいたみたいに立ち上がった。

「ご、ごめんねっ、ちまちょっとお手洗い——きょ、今日はお化粧直しにって言っていいのかな？　とにかくそんな感じで、ごめんね、ちょっと行ってくるねっ……！」

おれと梢ちゃんにそれぞれ手を合わせると、恥ずかしそうにしながら、てててっと駆けていった。

「……急に来たみたいですね。まあ、ボクとのおしゃべりに夢中になってくれていましたし」

どんどん遠ざかる背中を見送りつつ、梢ちゃんは独り言っぽくささやく。

「………」

おれは——

「——どうしてだ？」

気づけばたまらず、聞いてしまっていた。

ちまりが外した今なら聞けると、分かった途端に溢《あふ》れ出たみたいに。

「……何が、でしょう」

「どうしてっ……平気なんだ？　梢ちゃんはっ……どうしておれにまで、気を回してくれるんだ？」

「…………」

「おれが言うのもなんだけど、今日はそれどころじゃないはずなのにっ……」

「まあ、バラさないでいてくださったお礼、ですかね」

どこか他人事《ひとごと》のように、だけど変わらず落ち着いた調子で梢ちゃんは答えた。

「ちまりに、最後の思い出がほしいなんて単なる口実だと」

「そっ……！　それは、言えるわけないだろっ」

ちょっとムキになってしまうおれだった。

正直、心外だった。

バラす可能性があると、この子に思われてたことが。

だから――

「それだけは、おれの口からは言えない。絶対に言うわけにいかない。言っちゃったら……おれはもう、胸が張れなくなる」

恥ずかしいくらい真顔になってしまってるのが、自分でも分かった。

けど、どうしようもない。おれにとって、ここは譲れないところだった。

「それは……ちまりに、ですか」

「梢ちゃんにもだよッ！」

「――――」

「そうじゃないとおれはっ……って、え？」

感じたままを夢中で口にして、だから少し遅れて気がついた。

梢ちゃんはどういうわけか、そこで息を呑《の》んで目を見開いていた。

「こ、梢ちゃん？」

「い……いえ、すみません、分かりました」

問いかけると、まるで狼狽えてるみたいに慌てて、視線を外す。

この子には珍しいそんな様子に、おれがたまらずきょとんとしてしまってると……。

「……分かりました」

ぽつりと、繰り返された。

かと思うと、逸《そ》れていた視線が再びおれに向いた。

「ごめんなさい。ボクは今、誤魔化《ごまか》しました」

「……………え？」

「正直に白状します。させてください」

「う……うん……」

頭が追いつかないけど、頷くしかなかった。

だって梢ちゃん、たぶんさっきのおれに負けないくらい、真顔で……。

だからおれは釣り込まれるようになって。

そして彼女は、そんなおれに向かって嚙《か》みしめるように言った。

「千晴さんの、そういうところに触れるたびに……ボクは、納得させられます」

「そ、そういうところって？」

「ええ。そういうところがちまりは好きなんだと、よく分かってしまいます」

「だっ……だからどういう意味──」

「兄妹ですよね。ちまりにも、よく似たところがありますけど」

前のめりになるおれに、苦笑しながら言葉をかぶせて。

「働きかけられたら精一杯に、真っ正面から相手の気持ちを受け止めて、応えようとしてくれるところですよ」

「────」

それは、おれの問いかけに対する、直接的な答えじゃなかった。

けど……彼女の本音なんだと、何故だかすぐに理解できて。

だから今度は、おれが息を吞む番だった。

「……本当は、千晴さん」

視線の先で、彼女に浮かんでいた苦笑が少し、イタズラっぽくなる。

「ボクがちまりに告白した日に、いくらでも突っぱねられたはずなんですよ？」

「え……？　な、何を――」

「自分たちは付き合っているわけじゃない、と」

「えっ……で、でもっ……」

待った、待ってくれ。どういう意味だよ本当にっ。

「梢ちゃんにあんなっ……彼氏だと認めないとおれには退ける権利がないとか、全部分かってるふうに言われたら、突っぱねようも誤魔化しようもない――」

「ボクは言わば、カマをかけ続けていただけだったんですよ？」

「………」

「二人が兄妹でありながら恋人同士なんていう確証は、ありませんでしたし」

言葉を飲み込んでしまったおれに、彼女は肩をすくめる。

「ただ、お揃いの恋愛成就お守りを持っているのを見つけた。おそらくこれは、ボクが初めて千晴さんに会った、あの兄妹デート中に入手したもののはず」

「う……うん……」

「そしてボクは、ちまりがお兄ちゃん大好きな子なのを、よく千晴さんの話を聞かされていましたから、知っていて……」

「……じゃ、じゃあ」

「ええ。ならひょっとして二人はという単なる推測、いえ、それ以前ですね。連想です」

「…………」

「だとしても、ボクはそのはずだと信じるしかありませんでした。だとしたらボクの気持ちも……と、思ってしまったからです。そう思ってしまった以上はもう、それにすがるように、一か八かの告白に踏み切るより他なかった……だけなんです」

……じゃあ。

それは梢ちゃんの拡大解釈だと。

一番最初に、必死で突っぱねようとしたのを……。

「はい、そうです」

梢ちゃんはおれの頭の中を読んだみたいに、頷く。

「千晴さんに突っぱねられ続けていたら、ボクは結局何も言えなくなったはずなんです」

「でっ……でもっ……！」

「逆でしたね。認めてくれました。ボクを、同じ穴のムジナだと認めて……そして、明かしてもくれました」

——おれとちまりは兄妹で恋人同士です、って。

そのときの記憶が頭によぎれば、おれは狼狽えながら言い訳するみたいに、返すしかなかった。

「そ、それは、だからっ……梢ちゃんにああ言われたらっ——」

「はい。ですから、そういうところです」

「——」

また、言葉を飲み込んでしまった。

梢ちゃんは、なんだか嬉しそうに微笑んでいて。

「千晴さんが一生懸命、ボクのことを受け止めようとしてくださったから」

「梢ちゃん……」

「……だからボクも、ないがしろにはできなくなってしまったんですよ」

「えっ、あっ……」

微笑みが、また苦笑に変わった。

そしておれは、今は不思議と、すぐに理解できた。

——おれたちの仲を。兄妹で恋人同士という関係を、ないがしろにはできなくなった。

今のが一番最初の、おれの……どうして邪魔なはずのおれにまで気を回すのか、という問いかけに対する答えだと。

「そもそも。ボクは『お兄ちゃん大好きっ子のちまり』を、好きになったんですよ？」

くすくすと梢ちゃんは、また息を呑んでるおれがおかしい、みたいに笑う。

「そして千晴さんに、あんなふうに受け止めてもらえたら、です」

「う……うんっ……」

「ボクが内心で戸惑いながら、それでも恋敵《こいがたき》なんだからと必死で攻め続けても、千晴さんはやっぱり、変わらずに……となったら」

――自分も、おれたちの仲をないがしろにできるわけがない。

そういうことなんだと、また、すぐに理解できた。

彼女の……普段は無表情なその顔に浮かんでる表情が、そう語っていた。

「梢、ちゃん……」

「なので、実のところ今日はボク、最初から千晴さんも一緒に誘うつもりでした。……まあ、答えとしましては、そんな感じですかね」

と、梢ちゃんは締めくくる。

……それは、つまり。やっぱり。

（同じようなもんじゃないか、おれたちっ……おれと、梢ちゃんは……！）

ある意味で同志だと、かつて感じたとおりに。

だっておれも彼女のことが否定できない。認めるしかない。ないがしろに、できない。

――そして、そう込み上げるように思ったからこそ、焦《あせ》った。

「だ、だったらっ……『でも諦《あきら》めないで粘る』って、どういうことなんだよっ」

焦りのままに聞いてしまった。

ちまりが戻ってくる前に、と。

——今のおれは正直、よく分からなくなってる。

自分がどう振る舞えばいいのか。どうすればいいのか。

本来、否定すべき恋敵の想いを、むしろ尊重したくなってしまって……。

それでも妹を譲るわけにはいかないという、支離滅裂さで。

——聞かせてもらった限り、この子にもそれと似たようなところがあるはずなんだ。

でも、おれとは違って、『諦めないで粘る』という行動に移っている。

それはいったい、どういうことなのか……。

おれの再度の問いかけに、彼女はまた、肩をすくめて答えた。

「……正直、自分でもまだよく分かりません」

「え……？」

「ですが、あるはずなんです」

と、浮かんでいた笑みが消えた。真顔になった。

そうして彼女は言葉を、噛みしめるように重ねる。

「千晴さんの気持ちも、ちまりの気持ちも、ボクの気持ちも……否定せずに済む、落としどころが、必ず」

「…………………」

「だから粘らせてもらっています」

その答えに——

「…………～～～～っっ！」

おれはもう空を仰《あお》ぎ、噛みしめるみたいに改めて思った。

（敵《かな》わない——!!）


おれと一緒で、どうすればいいのか分からない。

なのに必死であがいて自分から前に進もうとする、その強さ。

そして、おれを含めた落としどころまで、探そうとしているその意志のまばゆさ。

——敵わない。

正直、思ってしまうに決まっていた。

だっておれはここ最近、モヤモヤするばかりで。

つまりはこの子のように、自分から前に進もうとはできてなくて。

……考えてみれば、おれはずっとそうだ。

妹と恋仲になれた経緯だって、まさにそれだ。

おれは自分の想いと向き合えず、逃げるみたいに実家を出てしまった。

それでもちまりが、ああして告白してきてくれたから……。

せめて精一杯に受け止めて、応えようと奮起する以外になかった。

梢ちゃんは褒めるみたいに言ってくれたけど、でも、これは詰まるところ、『おれは受け身な人間だ』ってことに尽きてしまう。

敵わない。敵うわけがない。

そう気づいてしまったおれは——


「——お兄ちゃん？」


「ッッ——!!」

ハッとした。視線を戻した。

おれが嚙みしめてしまっていた間に、妹は戻ってきていたらしい。

世界一可愛い瞳《ひとみ》が、おれをまっすぐ捉《とら》えていてくれていて。

そして、その隣では淡々としてて感情の読めない瞳が、それでもやはり、まっすぐにおれを捉えてくれていて……。

（——おれ……）

空を仰いでいたときとは違う、なんだか震えるような感覚があった。

それは、たぶん……。

（梢ちゃんには、敵わない部分があるかも知れないけど……でも……でもッ……!!）

──二人の、まっすぐなまなざし。

おれはそれに──そう──

（応えなきゃ……違う、応えたい……ッ!!）

我に返るみたいに、噛みしめ直したそのときだった。


びゅううううぅっ！

「ひゃぁっ!?」

「きゃっ……!?」

突然の強い風と、二人の甲高《かんだか》い悲鳴。

それぞれのスカートは、下着がおれの目にまぶしく映るほどに、まくれ上がってしまっていて。

二人とも、反射的にそれを押さえようとはしていた。

だけど慌ててしまってて、上手《うま》くできない。

そしておれたちの周囲には、ちらほらと人がいた。

二人の悲鳴を聞き、こちらに振り向こうとしていた。

いつの間にスローモーションのようになっていた中で、それらが認識できた途端……。

「ち……ちまり、梢ちゃんっ！」

——がばっ！

「「んんぅっ……⁉」」

身体が勝手に動いた感じだった。

おれは跳《は》ね起きると二人の後ろへ同時に手を回し、まくれたスカートをお尻《しり》に押さえ戻しつつ、身体を寄せて前側の布地も太ももで押さえ込み、周囲からの視線を遮《さえぎ》った。

二人をいっぺんに抱きしめるような形。

「お、お兄ちゃっ……」

「千晴さっ……」

「あとでいくらでも怒って、なんならビンタしてくれていいから！」

狼狽《ろうばい》しきった声を上げようとした二人に、懸命に訴えた。

風はまだ吹いていたし、周囲からの視線も集まっていたから……。

「とにかく落ち着いて。落ち着いて……自分でスカート直して、押さえて」

「「は…………、はい……」」

努めて低く、ゆっくり諭すように言うと、二人とも頷き、おれの言うとおりにしてくれた。

……ところで、やっと風が収まった。

「——」

途端、おれは息が詰まった。

だって……身体の前面と両手のひらにそれぞれ、二人の柔らかなそこかしこの感触が……。

思いっきり押し当たってしまってることがいまさら実感できて。

「ごめんっ……!!」

おれは大急ぎで、手と身体を離した。

(そりゃ柔らかいよ！　お、お尻に思いっきり触っちゃってたんだから！　あげく抱き寄せて密着させるみたいにしちゃってたんだから……っ！)

強引に、同意もなく。

ましてや一方は、妹《こいびと》じゃない女の子を——!!

と、今度はおれが狼狽する番だった。

……けど、その狼狽はすぐに晴れた。

「ううんっ……守ってくれてありがとうお兄ちゃんっ……んっ！」

「——」

と、妹が飛びついてきてくれたからだった。

素直な感謝の思いが、率直に発露したと分かるそのリアクション。

そしてなにより……うん、これなら知ってる……。

世間的には禁断の。おれたちにとっては、気づけば当たり前になった感覚。

恋人同士《きょうだい》での抱擁の感覚が、じぃんと染みて……。

「……うん……どういたしまして」

狼狽が晴れるどころか、なんだか気が抜けるみたいに安心した。

――求められたことに応える、いつものおれとは違ってたけど。

たぶん、だからこんなに狼狽しちゃったんだろうけど。

感謝してもらえたなら……と、おれはもう一人の存在に目を向けた。

そう、もう一人。梢ちゃんは――

「…………ッ」

（あ――）

おれはまた、狼狽えそうになってしまった。

さっきはまっすぐ、おれを見てくれていたこの子に……。

「……こちらこそすみません。ご迷惑をおかけしました」

慌てて目を逸らされてしまったからだった。


――そのときだけだった。

「ほら見てください千晴さん、ちまりったらあんなにはしゃいで」

梢ちゃんはすぐに、調子を取り戻してくれた。

というよりも……。

「あれではまたパンチラしかねませんね。いやむしろしてほしいですね。写真撮りましょう千晴さん、そしてちまりを一緒に恥ずかしがらせましょう」

「しないから！　撮らないから!!」

「ではボクだけ行ってきます」

「撮影に!?」

「いえ、ちまりにまたスカートめくれますよと注意して、今度はボクが感謝のハグをゲットです」

「どんな展開!?　いや、させないよ!?」

と、むしろおれをツッコませまくるくらい、いっそう攻め攻めのアクセル全開状態になっていた。

……あのときのリアクション、なんだったの？　って、おれがなってしまうくらいに。

「どうしたの～お兄ちゃん、梢ちゃ～んっ……」

そこにちまりが、ニコニコ笑顔で走って戻ってきた。

ちょっとちま、あの船みたいなやつに登ってくるね！　と目を輝かせて大型遊具に突撃し、小さい子供に交じって大はしゃぎだったわけだけど……。

「もうダメです」

「え⁉」

「ちまりのその屈託のない笑顔、破壊力がありすぎです……ボク、愛おしさでどうにかなってしまいそうです……」

「あ、なんだぁ……あはは、よかった……ってよくないよ、どうにかならないでぇ！」

「はい。あと千晴さんが、またちまりのパンチラを見たかったそうです」

「⁉⁉」

というかほんとにこの子絶好調だなあれ以降！　なんか気づけばおれにまで（違う意味で）攻めてくるようになったし！

「お、お兄ちゃんっ……」

「いや、言ってない。言ってないから。梢ちゃんがぶっこいてるだけだから！」

真っ赤になって内股でスカートの裾《すそ》を押さえるちまりを、落ち着いて頼む、というジェスチャーと共に言い諭す。

するとちまりは「あ、ほんとっぽい」とすぐに分かってくれた顔になって（さすがだ。好きだ……！）、梢ちゃんのほうに細くなった視線を転じる。

「こーずーえーちゃん……？」

「場を盛り上げるためのジョークです。イェイ」

梢ちゃんはしれっと表情も変えずにそう応え、おまけにスッとサムズアップ。

どこまでだ、マジで。絶好調にもほどがないか。ツッコまれ待ちか。

「もおっ……いぇいじゃないよぉ、脅かさないでよぉっ！」

「フフフフフ。怒るちまりも愛らしい――」

「ねーお兄ちゃん！　えいっ！」

「――」

ハッと息を止めるみたいに、梢ちゃんは言葉を飲み込んだ。

ちまりがおれに、笑って飛びついてきた途端。

「お兄ちゃんだったら、もっとすごいもの見たがってくれるもんね。いまさらちまのぱんつ見たいなんて、言うはずないもんねっ」

「い……いや、そんなこともないけどっ……」

とにかくちまりに応えねば、と梢ちゃんからいったん視線を外す。

意識がそっちに行ってたからか、ちまりへの返答はなんか本音が出ちゃってた。

すると、ちまりはおれが思わずドキッとくるほど、色気を漂わせた上目遣《うわめづか》いで、

「……ちまが裸んぼのところも、見たことあるのに？」

「おまっそれっ今っ……⁉」

――梢ちゃんの前でちまりがそれバラすか⁉

「あはっ、なーんて！　びっくりした梢ちゃん？　おかえしだよー」

ああ……なんだ、そういうことか。

（おれが驚いたよ、ああマジで焦った……）

なんて安堵《あんど》と共に思いながら、おれも梢ちゃんに視線を戻した。

「ッ――！」

「…………」

一瞬、思考が停止してしまった。

梢ちゃんに、また……そう……。

おれの視線から逃げるみたいに目を逸らされて。

「こ、梢ちゃん？」

「……え、ええ、まあ、驚きました不覚にも」

いや、ちまりが呼びかけると、すぐに向き直りはした。

「やりますね、ちまり」

「あ……あはっ、ならよかったぁ……」

「ふふふ」

なんて、笑い返しもしていた。

だから気にしなくていいのかも知れないけど……。

（逃げるみたいに……か……）

自分が直感するみたいに考えたことが、おれは結局この日の最後まで、どこかに引っかかったままだった。

……なんで、この子が逃げるんだ？　って。

分かるはずも聞けるはずもなく――


そうして三人デートの日曜は終わり、週明け。

『梢ちゃんの様子はどうだ？』

ひとまずはという感じで、おれは休み時間にちまりへＬＩＮＥを送った。

すぐに既読がついて、そしてほどなく返事も来た。

『今までと変わらない感じ。私とも普通にしゃべってくれてるよ』

（……おれの考えすぎというか、やっぱり、気にしすぎだったのかな）

なんて思っていたら、追加のメッセージ。

『ちゃんと思い出になった？　って聞いていいのかな』

「…………」

そういえばそうだった。

すっかり失念しちゃってたけど……ちまりには昨日のデートは、梢ちゃんの最後の思い出作りということになっていたんだった。

そして、ちまりはずっと内心で、それを気にしていたみたいだ。

——聞いていいのかな、って。

振り返れば確かにちまりは昨日、思い出作りに触れてたのは最初だけで……。

というところに、さらに追加のメッセージ。

『昨日の帰りは、聞いちゃっていいのかなって思って聞かなかったけど、大丈夫かな』

——そう。途中からいっさい言わないで、最後まで楽しそうに笑ってるだけだった。

たぶん、悟らせまいと健気に頑張って。

あの感情がすぐ顔に出る子が。それこそ、おれが今の今まで失念してたくらいに。

（っ……『大丈夫かな』は、ちまりこそだって……！　天使すぎるだろお前はっ……！）

歯噛みするように思いながら、妹からのメッセージが表示されたままのスマホを、たまらず額《ひたい》に当ててしまった。

ごめん、気づいてやれなくて……という気分だった。

（……せめて今からでも、顔を見せてやるべきか？）

基本的に朝は別々だから、ちまりとは昨日別れたっきりだ。

そしてＬＩＮＥのこの文面だけじゃ、当たり前だけど様子までは分からない。

分からないけど……今もこうして、不安を抱えてるなら……。

（っ……行こう！）

休み時間はもう半分も残ってないとか、そんなことはどうでもよかった。

とにかく今すぐ行かなきゃ――と、勢いよく立ち上がった。

ときだった。

――ぴんぽんぱんぽーん♪

と校内放送を告げるチャイムが鳴り、ん？　とおれは生徒としての反射で顔を上げた。

『風紀委員長、鹿宮紫子《ゆかりこ》から生徒の呼び出しだ』

「…………」

猛烈にいやな予感がした。

『由真《ゆま》兄妹は昼休みにこちらに来るように。以上だ』

～～っ案《あん》の定《じょう》だよ!!!!!!!!

（いや、この前は確かに『次から校内放送で』とか言ってたけどさ！）

でもマジで実行するか!?　少し考えれば分かるだろ！　だって風紀委員長からこんなふうに名指しで呼び出されたとなったらっ――

「おいおい千晴ッ、お前ら何やらかしたんだよ！」

「あの人から呼び出しとか普通じゃないだろ大丈夫かよ由真とちま子ちゃんっ！」

ほらね！　クラス中からこうやって詰め寄られるというか、疑念の目を向けられるに決まってるでしょって鹿宮先輩ッ……!!

「「「由真って！」」」

「いっ、いや今のはだなっ――――！」

決死で弁解にかかりながら、当然おれは焦燥感《しょうそうかん》と共にちまりのことを考える。

確実に向こうも、こっちと同じような状況になってるだろうし……。

こうなってしまったら、下手にちまりに会いに行くこともできない！　守ってやることもできない！

この状況下で『由真兄妹』が落ち合ってたら、それだけでも確実に疑念の目が増すだけだしッ……!!

(疫病神かなんかかか、あの人は！　おれたちの仲を密《ひそ》かに応援するって言ってたけど、明らかに逆だよこれぇぇッ!!)

――昼休み開始のチャイムは、いつだって待ち遠しいものだったけど。

今日ほど強く切実に、そしていつもとは違う意味で、鳴るのを待ち遠しく思うことはなかったよ本当にっ……！

(ああ……どうか無事であってくれ、ちまりっ……!!)

「おい千晴ッ」

「「「由真あぁっ……！」」」

「だーかーらぁーーっ！」

祈りつつ、休み時間は対応に追われて過ぎた。

……マジで昼休みまでずっと、だった。


そうして念願の、血を吐かんばかりに待ち望んでた、昼休み開始のチャイムが鳴って――

生徒指導室で、ようやくちまりと合流できた。

(うん、大丈夫。梢ちゃんが守ってくれたから)

(………そ、っか……)

「私の目の前で内緒話とはいい度胸だな、由真兄妹」

「「あっはいっすみません!!」」

そして速攻で、風紀委員長に思いっきりにらまれた。

正直、にらみ返したいくらいではあった。というかそもそも、猛烈に来たくなかった。あんな呼び出しに応じるのは激烈にシャクだったし……。

けど、応じなきゃ応じないで、どうなるか分かったもんじゃなかったし……。

なにより、ようやくちまりと確実かつ『当たり前のこと』として落ち合えるんだから、来る以外になかったという感じだ。

それと――

「まあ、それはそれで、禁断の恋にひた走る二人らしくはある、というところだが。フフフ」

……うん。もっと早くに、しっかり認識しておくべきだった。

この風紀委員長さんに目をつけられた段階で、おれたち、わりと詰んでる。いろんな意味で。

恋愛的にも……では、まだない……はず……たぶん……完全には……。

（だからとにかく、みんなから疑念の目を向けられてるこの状況だけは、とりあえずなんとかしてもらわないと……）

「あ、あのっ。それで鹿宮せんぱいっ」

おれが心中で決意を固めていると、ちまりがもう黙ってられない、とばかりに口火を切った。

「うむ、どうした由真妹！」

ぎろぉりっ！

「あっやっそのっ……きょ、今日はどんなご用件ですか！」

ランランと不気味に輝く三白眼に射すくめられ、いったんはひるんだものの、しかしちまりは負けずに踏ん張って質問をぶつける。

――その泣けるほど健気な頑張り！

二人きりだったら確実にギュッと抱きしめて、頭を撫《な》でまくって賞賛しつつ、キスの雨を降らせてるところだけども……。

「用件は前回と変わらん」

この人の前だけに、そう思ったことすら悟られるわけにはいかないのが辛《つら》いところだッ……！

（いや、抱きしめたりキスしたりは、誰の目の前でもできないけども……この人の前では特に、だよな……）

おれたちの恋を、（いちおう）応援してくれている人ではある。

だからこそ逆に見せられない。何故ならこの人は……。

「さあ、話を聞かせろッ!! お前たちの禁断の、故《ゆえ》に尊い恋の進展をッ!! 週末を挟んだのだ、何かしらあったはずだ、あってくれ、いやあれ、あるのだなよし是非聞きたいッッ!!!!」

……このとおり、厄介《やっかい》ファン以外の何者でもないんだから！

というか前にも増してひどいな！ 進展があったと勝手に決めつけて、校内放送で呼び出して無理矢理話させるとか!!

「どうなのだ由真兄！」

「あー……と、とりあえず話の前に、二点ほど……」

「うむ？」

「まず……ああやって校内放送で呼び出すのは、今後はマジで勘弁してもらえますか……」

「何故だ」

真顔で首をかしげられた！

「何故もへったくれもないですって！ 風紀委員長から名指しで呼び出されたら、学校中から『何やったんだあいつら』って疑念の目を向けられるに決まってるでしょ!?」

「お前が何を問題視しているのかよく分からん」

底抜けに真顔ッ……！　え、何？　この人、本当に人の心とかない系の人なの？

「なんの不都合がある？　堂々としていれば済む話だろう」

「そりゃ先輩だから言えることですよ⁉　普通は校内中から疑念の目を向けられたら、いたたまれないし身動き取れないしなんならワンチャン自主退学までありますよ⁉」

「む……それは困る。話が聞けなくなる」

「通じたぁっ……！　通ったぁっ……‼」

思考形態から違う別の星の人に必死で挑んで、初めて意思疎通に成功した地球人みたいになってしまった。

「そう、だから今後はマジで勘弁してほしいですし、おれたち今まさに困ってるんですよああして呼び出されちゃったから！　これ、なんとかしてもらえませんかね鹿宮先輩ッ！」

「承知した」

今を逃したらもう二度目はない、とばかりに畳みかけると、先輩は重々しく頷いてくれた。

そして即座に立ち上がり、壁際に設《しつら》えられているマイクに向かい……。

「コホン。——風紀委員長、鹿宮紫子より全校生徒へ伝達だ。本日午前に行《おこな》った生徒の呼び出しについてだが、当委員会に誤認があったと発覚した。急ぎ撤回すると同時に、咎《とが》のない者を名指ししてしまったことを深くお詫《わ》びする。二度と繰り返さぬよう努めるので、生徒諸君も意味と根拠のない疑念の目は避けてもらいたい。以上だ」

……少し、力が抜けた。

これでおれたちへの注目が即座になくなる、ってことはないだろうけど……。

とりあえずこう明言してもらえたなら、徐々に沈静化していってくれるはずだ。たぶん。

「……ありがとうございました、鹿宮先輩！」

「こちらこそ配慮が及ばず、申し訳なかった」

配慮って概念、あなたには絶対ないですよね――とか言いかけたけど必死でこらえる。

「そ、それじゃおれたちはこの辺で……行こう、ちまり」

「あ……う、うん……」

あとはさっさとこの場を退散しよう、とちまりを促しつつ席を立った。

「待てどこへ行く」

立ったところで、ドチャクソ怖い顔で睨《にら》まれた。

「きょ、教室に戻るに決まってるじゃないですか。呼び出しは撤回されたんですし……」

「……確かにそう言ってしまったが」

「ほんとに助かりましたありがとうございます！　ってわけで失礼しま――」

「待て！　だが私はまだ話を聞いていないッ」

「そ、それは機会を改めてってことで！　あっそうだＬＩＮＥ交換しときましょう、次からは直接呼び出してもらえればっ――」

「今聞かせろ」

「ですからぁっ」

「私はお前の望むとおりになんとかした！　だからお前も、私のこの聞きたくて仕方がない気持ちをなんとかしろッ！　それが公平、そして正当な取引というものだッッ!!」

知ってたけどこの人ほんっっっっっっとに厄介な人だなあぁっ！　おれ、なんで前はこの人のこと、道理が通じる人だって思ってたんだろ!?　いや、『実の兄妹での禁断の恋』への興味でその辺が全部、吹っ飛んでるんだとは分かるけどっ……!!

（ここはおれたち、さっさと戻ったほうが疑念も少なくなると思うしっ――）

「……お兄ちゃん」

と、いうところで。

まだ立ち上がってなかったちまりに、くいっと上着の裾を引かれた。

「聞いてもらお？」

「…………」

じーっと見つめるようなその上目遣いで……。

頭を占めていた焦りに似た感覚が、スッと引けていったのが分かった。

愛する妹のまなざしにはそんな、おれを「しっかりしなきゃ」と思わせ、ときに落ち着かせる効能がある。愛の力的なものだろう。

(まあ……確かに、ここは素直に話して先輩にも落ち着いてもらったほうが、今後を考えたら穏便に済みそうか……)

ちまりはそこまで考えて言ったわけじゃないと思うけど……カンが何気に鋭い子だ、「ここは意地を張らないほうがいい気がする」くらいのことは感じたのかも知れない。

だったら……と心の中で自分を納得させて、おれは息をつきつつ座り直した。

「分かりました、すみません。週末のことを話しますんで、聞いてもらえますか?」

「よくやった由真妹ッ……!」

鹿宮先輩は(怖いけど)心底嬉しそうな、満面の笑みだった。

おれは改めてちまりに目を向ける。

すると妹はこくんと可愛らしく頷いて、『自分も聞く姿勢』を取ってくれた。

こういうところは相変わらずに、嬉しくなるほど以心伝心。

任せてくれてありがとう、と頷き返して……。

「えーっとですね……まあ、まず前提としてなんですけど……」

余計なことを言わないよう、細心の注意を払って言葉を選びつつ、週末のことを話した。

ちまりが梢ちゃんからデートに誘われ、最終的にはおれも一緒の三人デートになって……。

「ふむ。ふうむ」

合流するまでのこと。合流してから、梢ちゃんは攻め攻めだったこと。

「ふむん……」

それに対するちまりのリアクションの可愛らしさや、なんだかんだでツーショット写真を撮ってもらったことなどもかいつまみ……。

「ふむ！　ふむッ……！」

そして水族館を出たあとのことも、ひととおり。

もちろん、ちまりが笑顔の裏に必死に抑えていた不安や、おれと梢ちゃんの間に交わされた会話、感情の機微なんかは伏せて……。

あの突風で二人のスカートがめくれ、おれが夢中で押さえにいってしまったこと。

「ふーむッッ……‼」

その後の、三人でのやりとりの中での、ちまりの朗らかな無邪気さや、梢ちゃんの絶好調ぶりなんかも付け加えて……。

「――って感じでしたかね」

「ふむ………」

まとめると、鹿宮先輩は鼻から息をつきつつ腕を組み、まつげを伏せた。

途中もずっとフムフム言ってて、正直かなり話しづらかったけども……。

（そ、その最後の「ふむ……」はなんなんですか鹿宮先輩……無表情に戻ってるから、どういう方向のリアクションなんだか分からないっ……）

　途中のはその辺が理解できたからまだマシだった。喜怒哀楽が読めないと、こっちもどう身構えていいのか困る……！

「――兄妹デートはよいなッ！」

　あ、パッと満面の笑みになってくれた。助かるッ……。

「実に尊い。推《お》せる。由真妹の反応もよい。素晴らしい……！」

「で、ですよねっ！　ちまり、ほんとに愛らしくて――」

「だが何をどう聞いてもこずこずが邪魔だな」

　ハッと言葉を飲み込んでしまった。

　満面の笑みが一瞬で、不満げかつ苦々しい仏頂面《ぶっちょうづら》になっていた。

　途端に、鋭く威圧的な、この人特有の雰囲気《オーラ》が立ちのぼり始め……。

「あ、いやっ鹿宮先輩っ、おれ目線の話でしたからその辺はある程度差し引いてっ――」

　よく分からないけどなんかヤバい！　と感じたおれは、慌ててフォローを入れようとしたものの……。

「黙れ」

　切り捨てるみたいに、退けられてしまった。

「もうよい。そして私も、こずこずの想いについてはわきまえている」

「は……はい、すいません……」

「兄妹ほどではないが血のつながりがあり、幼いころより親交も深い、いとこのことだ。応援はしたいが……」

噛みしめるように言ったかと思うとその口が閉じ、そしてどんどん、への字になっていく。

そのまま目も閉じ、眉《まゆ》を寄せてしばしの沈黙。

（応援はしたいが……な、なんだ？）

と、おれたちは否応《いやおう》なく緊張させられ、先輩の怖い顔に見入るしかなく……。

「私は由真兄妹純愛推しだッ‼」

「「っっ」」

揃ってビクッとしてしまった。

くわっと目を開くと共に叫んだ鹿宮先輩は、そのままに虚空をにらみつけて。

「なので……以前は、同性同士であらば二十一条違反には当たらないと言いはしたが……むう……」

——なんだか。なんだか猛烈にイヤな予感がする。

端から見てる分には、小さいけどめちゃくちゃ怖そうな人。

少し話すと、怖いけど道理や筋をきっちり通す、なんだかんだで話が分かる人。

……けれど、さらにその先。

普段はおそらくフタをして、誰にも明かすことはない、趣味嗜好の部分まで知ってしまうと……。

（いや、知りたくなかったけどっ……最終的にはデタラメでめちゃくちゃで理屈も話も通じない、ただ自分の趣味的な都合だけで動く、ひたすらに厄介で迷惑な人なだけにッ……！）

とんでもないことを言い出すんじゃないかと――

「……うむ。いっそ校則を拡大解釈して、こずこずを取り締まるべきか？」

「!?!?!?!?!?!?」

おれたち兄妹は揃って、飛び上がるようになってしまった。

案の定だよ、という気持ちより動揺のほうが勝っていた。

「こっ……梢ちゃんを取り締まるってっ――」

「知れたこと。邪魔は排除、さすれば推しはさらに進展。そのためならば私は手段を選ばん」

「ま……待って待って待って待ってください鹿宮せんぱいっ！」

「待たん。というより、待てん。これもすべてお前たちのため」

「いや何をどう考えても先輩の都合ですからッ！　とにかくそれはっ、それは無茶苦茶すぎですってば落ち着いてっ！　落ち着いてくださいってお願いですから!!」

おれたちがもう必死になって止めに入っても、この前と同じく……。

「ええいうるさいッ」

完全にスイッチが入っている鹿宮先輩は、止まらない。

おれたちを撥《は》ねのけると、傍《かたわ》らに置いていた捕縄《ほじよう》をつかんで鋭く立ち上がり、

「風紀委員長命令だ！　動ける者、全員集合ッ‼」

即座に虚空を怒鳴りつけるみたいな大音声《だいおんじよう》。

すると、この部屋の防音性能はかなりのものなはずなのに……。

「「「「はい、委員長！」」」」

たいした間もあけずに、五人ほどの風紀委員が勢いよく入って来た。

そんな彼らを鹿宮先輩は、睨《ね》めつけるように見回して。

「校則第二十一条違反の疑いありだ。中等部2年1組、泊《とまり》梢を捕縛せよ！」

「「っっ……‼」」

ま、マジで命令を下したっ……！

「行《ゆ》け‼」

「「「「かしこまりました！」」」」

背筋を伸ばして返事をすると、風紀委員たちはすぐに廊下へ飛び出していく。

「「ま……待ってくださいってっ！」」

ようやく呪縛《じゆばく》から解けたみたいに、おれたちは揃ってそれを追った。

風紀委員長《かのみやせんぱい》はもはや聞く耳持たない。

でも、部下の人たちならひょっとしたら――と。

「濡《ぬ》れ衣《ぎぬ》、いや冤罪《えんざい》ですって！」

「い、委員長さんは今、えとっ、と、取り乱してて……！」

二人で必死で取りすがる！

だけど――

「だが命令は命令だ」

「「――」」

それを曲げたら自分たちの、『生徒でありながら、生徒を取り締まる立場』が揺らぐ。正当性を失う……。

なんて信念が、その端的で切り捨てるような、にべもない返答にこもってるのが分かってしまって。

おれたちが息を呑んでいる間に、風紀委員たちは廊下の向こうへ消えた。

止めようがなかった。

もう、廊下は静まりかえってしまっていた。

このままじゃ、ほどなく梢ちゃんは……この前のおれたちみたいに……。

いや、きっとそれどころじゃ済まない。梢ちゃんは鹿宮先輩の推《お》し《れ》じ《た》ゃ《ち》ない。

待ち受けてるのは間違いなく、とんでもなく理不尽な――

鹿宮先輩が、おれたちのためになると思っているように、なる。
恋がすんなり、進展するように。
邪魔が入らないように。
このままなら――
「お……お兄ちゃぁんっ……！」
そこでちまりが、おれを呼んだ。
「――――」
おれはハッとした。
さっきとは違う形で、息を呑んだ。
すがるように、助けを求めるように兄《おれ》を見つめてきてる、妹《ちまり》のまなざし。
おれは反射的かつ瞬間的に、自然と考えた。そう――
――このままなら。
自分が何もしないでも、邪魔な恋敵がいなくなって万々歳《ばんばんざい》……。
（つっ……なんて思えるわけがないだろうがあぁッ!!!!!!!!）
心の中で叫べば、全身に力が満ちた。

その勢いのままに。

「ちまり！」

「う……うんっ……」

「梢ちゃん、教室か⁉」

「あ、えとっ……ち、違うと思うっ……梢ちゃん、ちまがいないとお昼はどっかにふらふら出てっちゃうって、他の友達に聞いたことあってっ……で、でもっ……」

懸命に訴えようとしていた途中で、意気消沈するみたいにまなざしが揺れた。

それだけでおれには、不思議と理解できた。

「どこに行ってるかは分からないんだな⁉」

「うっ……、うんっ、その、ごめんなさ——」

「だったら手分けしよう、ちまり！」

「——」

自分でも驚くくらい、自分の頭が高速回転してるのが分かった。

その回転が順を追って、考えを導き出してくる。

——たぶん風紀委員たちは、まっすぐ中等部2年1組《ちまりたち》の教室に向かったはずだ。

——だから、梢ちゃんは十中八九、まだ捕まってない。見つかってもいない。

でも、見つかったら最後。

以前のおれたちみたいに囲まれて、担がれて……。

そうなったらもう、どうしようもない。連行されるしかない。だから——

「風紀委員よりも先に梢ちゃんを見つけて、なんとしても逃がそう！」

「え、あ……あっ、そっか、教室にいないならっ……」

「そう！　見つける！　おれたちならできる！　行くぞ、ちまりっ!!」

「う……うんっ!!」

こぶしを握って頷いて——

そこで。

「——〜〜っっ」

じわぁっ、とちまりの瞳が急に潤んだ。

「ち、ちまり?」

とおれは一瞬、焦ってしまったけど——

「……やっぱりっ」

（あ……）

それが狼狽になるより先に、ちまりは笑った。

ぎゅうっと、可愛らしいツインテールを……久々に……握りしめながら。

「やっぱり、お兄ちゃんは応えてくれるっ……」

その笑顔は、おれの見慣れた……。

「ちまがそうしてほしいって思ったこと、してくれる……」

おれが、心の底から愛していて、世界の何よりも大事に思っている……。

「だからもうっ、もうっちま、思っちゃった。思っちゃったんだよっ！」

いいいいい、いいいい
お兄ちゃんしゅきしゅきしゅき顔だった。

「今みたいなときが一番かっこいい！　大好き！　お兄ちゃん、大好きっ……!!」

「――――――ッ」

背筋が伸びた。
（ああ……おれは、これでいいんだ……）
いいいい
震えるような感覚と共に、モヤが晴れた。
ここのところずっと、どこかにまとわりついていたモヤが。
だから思った。
妹への愛を叫ぶように。
妹と恋をしている喜びに吠《ほ》えるみたいに、思った。
（応えなきゃ――――――!!）

第五章 そんなことを言われたら、いやでも分かってしまいますよね？

ちまりと別れ、梢《こずえ》ちゃんを探しにかかる。

といっても、どこを……が問題だ。

——ちまりはすでに、廊下の向こうに勢いよく消えていってる。

たぶん、「梢ちゃんならどこに行くだろう？」って考えて、探しに向かったはずだ。

自分がいないとき。一人のときのあの子は、どこでお昼を食べるだろうって。

（だったら……おれは、違う方向に考えるべきだよな）

ちまりと同じように考えちゃったら、分散した意味がないし。

そもそもおれは、親友でクラスメイトで、『普段の梢ちゃん』の行動パターンをよく知っているちまりとは違うんだ。

（そう……だから、おれが考えるなら……）

——今の梢ちゃんならどこに行くか。だ。

普段とは違う。違ってる可能性が高い気がする。

いや、それは言ってしまえば期待にしか過ぎないと、分かってはいるけど……。

それでもおれは、そう考えたくなる。

だって。鹿宮《かのみや》先輩のあの校内放送で、ちまりと梢ちゃんのクラスも騒然となって……。

ちまりもおれと同じように、クラスのみんなに詰め寄られて……。

だけど梢ちゃんが守ってくれたと、ちまりは言っていた。

その段階でもう、すでに普段とは違うんだから。

そして昼休みになって。生徒指導室に向かうちまりを、あの子は見送って……。

そのときのあの子の心中は……正直、計り知れない。

でもきっと、いろんなことを考えてしまっていたはずなんだ。

あの子がとにかく考える、思慮深い子なのはおれもよく知ってる。

この状況に何かを感じないわけがない。考えないわけがない。

そう……そんなあの子なら、きっと……。


——こうなった原因は、突き詰めれば自分にある、とか。

ゆかりんは最初、自分が千晴《ちはる》さんの部屋に連れて行ったときには、「今は私人の立場だから、何も聞かなかったことにする」的なことを言ってくれてはいたけど……。

その実、今後は二人をマークすると、内心で決意していたとしたら。

そして昨日のことを……可能性は考慮して、遠めの場所を選びはしたのに……どこからか嗅《か》ぎつけて、二人を詰問するべく今日、こうして呼び出したのなら……。

——自分が責任を持って、ゆかりんに抗議しなくては、とか。

——あるいは、せめて。二人にとっては針のむしろみたいな現状だけでも、自分がなんとかしないと、とか。


「…………！」

あり得る。あの子なら大いにあり得ると思った。

そう、おれもちまりも「気に病ませたくない」みたいな暗黙の了解で、鹿宮先輩が隠していた顔のことや、あの取引じみた約束のことを、あの子に話していない。

だからあの子的には、今日の呼び出しは唐突かつ不当に感じたはずだ。

そして抗議すべく、生徒指導室に向かったちまりに少し遅れて、教室を出たとしたら……。

（……とっくに風紀委員たちと鉢合わせてるよな）

そうしたらすぐにでも……だろうけど……と、改めて廊下の向こうを確認する。

まだ、あの子が担ぎ上げられた状態で、連行されてくる気配はない。

ってことはつまり、その線はたぶんない。そう考えていいはずだ。

（じゃあ、後者……現状をなんとかしようとしたなら……）

——風紀委員会に働きかけられる、生徒会と交渉に行ったとか。

じゃなかったらもっと手っ取り早く……放送委員会？

風紀委員会の呼び出しは不当だと、二人は何もしていないと放送で訴えてもらいたい、なんて交渉に行った……とか……。

「っっ……梢ちゃんッ!!」

そこまで考えたらもう、おれは弾《はじ》かれたみたいに駆け出していた。

とにかく信じて行ってみるしかない。

幸い、生徒会室も放送室も、この中央校舎の三階。

さっきの鹿宮先輩の放送を聞いて考えを変え、どっちかから急いで、一階のこの生徒指導室に向かったとしたら……。

南北いずれかの階段を降りてくることになる。

(どっちだ⁉　どっちが可能性が高い⁉　今、おれは北側に向かっちゃってるけどっ……)

いや、全部憶測だし、ただの期待だ。可能性もへったくれもないのは分かってる。

だけどここまで来たらもう、信じる以外にあるもんか！

(妹の無垢《むく》な信頼と、一途《いちず》な愛情に応《こた》えるためにもっ……！)

きっとおれはあの子を見つけられるって、祈るように信じながら北階段を駆け上がった。

「え……千晴、さん……？」

「――――」

息を呑《の》んでしまった。

一番最初の、踊り場だった。

彼女がそこにいた。

中等部制服のスカートを翻《ひるがえ》して。

その大きな胸の膨らみを、弾《はず》ませて。

「どうして……」

向こうも、息を呑んでいるのが分かった。

――どんな奇跡だよ。

と一瞬、おれは思った。

走り出した途端、こんなにすぐに見つけられるなんて。

運がよすぎる。偶然にしても都合がよすぎる――

（いや……違う、そうじゃない）

これはそういうことじゃないんだよな、ちまり……と、おれはすぐに内心で首を振った。

――そう。妹に応えようと。

必死に、懸命に考えた結果なんだ。これは。

ちゃんと彼女の思考を追えていたってことなんだ。

それだけおれも、たとえちまりには及ばずとも、彼女のことが……理解できてるくらいに。

彼女と、時間を重ねてきてた結果なんだ。

だからこれは偶然や奇跡なんかじゃない。

おれが兄の力を奮い起こしてつかみ取った、ただの必然なんだと――

輝かしいおれの妹に倣うみたいに、まっすぐに信じる！

そうしたらもう――

「だ、大丈夫だったんですか？　ゆかりんにはいったい何をっ……」

「おれたちは大丈夫だから！　それより梢ちゃん、逃げよう！」

「えっ……!?」

力を込めて、梢ちゃんの手を取って引いた。

「ち、ちはっ――」

「鹿宮先輩は梢ちゃんに、二十一条違反の濡《ぬ》れ衣《ぎぬ》を着せようとしてる！」

「――」

「だから今は、とりあえず逃げるんだ！　とにかく捕まらないように！」

逃げてどうなる、それからどうする――という辺りは、今はまだ何も思いつかない。

けど、どうあれ今捕まったら、たぶんそれでもう何もかも終わりだ。

鹿宮先輩が暴走列車みたいになっている以上は。

「でっ……ですが、どこへっ……」

おれの表情で、とにかくヤバい状況だということは悟ってくれたんだろう。

だからこそ戸惑いながら、おれにそう聞いてきた。

「このまま外に……いやもう、いっそ家に帰っちゃうのが一番安全だと思う！　だから梢ちゃんっ……！」

さらに強く、手を引く。引き寄せる。

昇降口はこの中央校舎の一階。とって返せばすぐそこだ。だから――

「お、お財布、教室です。電車に乗れません、家に帰れませんっ。なのでまず教室に戻らないとっ……」

「それはたぶんマズい！」

反射的にかぶせた。

今、教室に……いや、たぶん中等部校舎に戻ること自体、絶対に避けたほうがいい。

風紀委員たちは十中八九、梢ちゃんたちの教室に向かってて……。

そしてこの子がいないと分かったら、辺りを探し回ってるはずなんだから。危険すぎる。

「金でもＩＣカード《Suica》でもおれが貸すから！」

「わっ……分かり、ました……」

「行こう！」

財布を取り出して梢ちゃんに押しつけつつ、改めて手を引く。

梢ちゃんはまだ戸惑いながらも、それでも懸命について行こうと足を踏み出してくれた。

そうしておれたちは階段を降り、中央校舎一階南側の昇降口に急ぐ。

とにかく外に出てしまえば、とりあえずは――

「――――っっ⁉」

というところで、ヤバい！　と急停止した。

「きゃんっ」

必然、梢ちゃんはおれにぶつかって止まる形になってしまった。

なんだかものすごく柔らかい感触がしたけども……それに気を取られたり、諸々含めて謝っている場合じゃなかった。

――我らが杏志館《きょうしかん》学園は大雑把《おおざっぱ》に言えば、『日』の字を横に倒したような構造だ。

この中央校舎の一階および三階の南北端からそれぞれ、東西の中等部校舎と高等部校舎に向かって、渡り廊下が伸びている形で……。

他《ほか》にも部室棟なんかもあるから、正確にはもうちょっと複雑なんだけど、やはり今はそれどころじゃない。

何故《なぜ》ならば……廊下の向こう。

先ほどは見送るしかなかった、腕章を着けた一団――

梢ちゃんを捕縛する命を受けた、風紀委員たちの姿が見える！

（こ、梢ちゃんを探して、中央校舎《こっち》に戻ってきたのかよっ……！）

南側の渡り廊下を使ってくれたみたいなのが幸いだった。北側だったら、ちょうど鉢合わせてたところだ。

でも、どうする⁉　向こうはこっちに来る様子で、そして昇降口はまさに向こう側！

（なら決まってるだろ！　とにかく見つかる前に逃げて、ぐるっと迂回《うかい》して――）

「――むっ、発・見ッ！」

「⁉⁉⁉⁉⁉」

考えてる間に見つかっちゃったし！

そしてすぐ、こちらに向かって走ってくるっ……！

「っっ……梢ちゃん！」

「は、はいっ……！」

見つかってもまだ距離があるのが不幸中の幸いだった。

おれたちは大慌《おおあわ》てで転進し、さっき降りてきたばかりの階段を再び駆け上がる。

どのみち方針は変わらない！　迂回して昇降口から――

「一人は残って昇降口を塞《ふさ》げ！」

「ッ――⁉」

そんな声に背中を打たれ、おれはぶわっと冷たい汗が込み上げる。

（に、逃げる生徒の逃走パターンは、経験上で把握済みってことかよっ……！）

だからって足を止められるわけがない。

二階を通って昇降口に向かうのは、もう無理だ。

なので極力スピードを殺さず、二階の床を蹴《け》ってさらに上を目指す。

（三階の渡り廊下を使って、中等部か高等部に逃げ込むしかっ……）

でも、そこからどうする⁉

どっちに行こうが向こうは絶対に追ってくる。

今まさに、おれたちを追って階段を駆け上がる音が響いてきてるように。

撒《ま》くことはたぶん不可能だ。

おれ一人ならともかく、梢ちゃんがいる。

というか彼女を逃がさなきゃいけないんだけど――

「はぁっ、はぁっ……！」

どうやら身体《からだ》を動かすのはあまり得意じゃないようで、正直、じれったいくらいに速度が出ない。むしろ息が上がり始め、足並みが乱れてきてる。スピードが落ちてる。

だから向こうの足音は、どんどん近づいてきてて……。

このままじゃ……確実に、追いつかれるッ……！

（――だったら一か八かにかけて、梢ちゃんに一人で逃げてもらうか⁉）

そしておれがなんとか足止めを……と必死で考えながら、三階に着いたときだった。

「きゃっ」

「ッ――⁉」

長身の女生徒とぶつかりそうになって、おれは反射的に斜め横へ身体をねじり、なんとか避《よ》けた。

なんだよ、誰だよこんなときにこんなところでッ――

「ゆ、由真《ゆま》くん？　泊《とまり》さん？」

「希衣《きい》先ぱっ……⁉」

まさかの知り合いだったし！

というかほんとこの人は、こっちが困るタイミングに鉢合わせるのが得意だなぁッ！

なんて、瞬間的に思ってしまったけど――

「ど、どういう組み合わせ？　それに、あなたはちまちゃんと生徒指導室にっ……」

「……っ」

その底抜けに気遣わしげな様子で、申し訳なさと共に思い直した。

――そうだよ、希衣先輩だってあの呼び出しを聞いてる。

だったら心配してくれるに決まってるじゃないか、この人なら！　それこそ単刀直入に、生徒指導室まで乗り込んでくるレベルで！

と、そう嚙《か》みしめたらもう、おれは――

「お願いです希衣先輩！」

「えっ、あっ……」

詰め寄るみたいに顔を寄せ、真っ正面から頼むしかなかった。

「風紀委員を足止めしてもらえませんかっ」

「…………」

――この人には、隠しごとをしてばかり。

向けてくれてる想《おも》いだって、はぐらかしたり逃げたりしてばかり。

そんな人に助力を乞《こ》うのは、申し訳なさや後ろめたさがありはしたけれど……。

（それでも！　素直に頼らせてもらわなきゃ、きっとダメなんだっ……!!）

信じられる人だと思っているなら、信じるままに。率直に。

そう。窮地に追いやられている以上、見栄《みえ》を張ってる場合じゃない――

「分かったわ」

「――っっ」

「待て！　中等部2年1組泊梢っ!!」

先輩の迷いない頷《うなず》きに震えたのと同時に、風紀委員たちが階段を駆け上がってくるのが分かった。

「あれね」

「ありがとうございます希衣先輩ッ……！」

と、また梢ちゃんの手を引いて、走り出そうとしたところで。

「それはこっちの台詞《せりふ》よ」

え？　と希衣先輩に振り向いた。

先輩は嬉《うれ》しそうに笑っていて……。

「頼ってくれてありがとう！」

「――～～っっっ」

ああ、もう！　これだからつくづく、この人は困る――！

噛みしめつつ、引き続き震えつつ。

「ちょっと待ちなさい風紀委員！　あたしも二十一条に違反してるかも知れないわ!!」

希衣先輩のそんな、捨て身の足止めを背中で聞きつつ……。

おれは梢ちゃんの手を強く引き、高等部校舎へと走り出した。

――足止めしてもらえたとしても、たぶんわずかな間だ。

けど、わずかでも足止めしてもらえて、いったん向こうの視界から逃れられたなら……。

（あそこだ！　あそこが使えるっ……！）

――思い出していた。

連想するみたいに。

どこへ行けばいい。どこなら大丈夫か。行き場なんかあるのか……。

噛みしめるように考えていたら、いつか同じような状態で聞いた、友達の声を。

――そりゃ、場所だけならいくらでもあるよ。

――たとえばほら、隣とかさ。

(空き教室っ……!!)

向こうの視線を振り切った状態であそこに逃げ込めば、いったんはしのげるはずだ！

「はぁっはぁっはぁっ……！」

梢ちゃんの体力の限界が、たぶん迫ってることもある。

いったんしのいで時間を稼いで、そうしてひとまず息を入れつつ……昼休みが終わるまで、見つからずに済めば……。

(きっとまだ、打つ手はあるっ……！　少なくとも考える余裕はできるっ……!!)

一縷《いちる》の望みを託して高等部校舎の階段を駆け下り、おれたち1年の教室が並ぶ一階へ。

そして廊下にたむろってる生徒の間を駆け抜け、駆け抜け――

「こっちだ梢ちゃん！」

がらっ、ぴしゃん！

——逃げ込めたっ！

自分の教室の隣。

たしか、去年より一クラス減ってるとかで、今は使われていない空き教室に。

「はぁ……はぁ……梢ちゃんっ……」

「はぁっはぁっはぁっはぁっ……！」

おれもかなり息が乱れてるけど、梢ちゃんはもう本当にギリギリだったみたいだ。呼びかけに相づちを打つ余裕すらない。

けど……まだ気は抜けない！　中に入っただけじゃ、前を通られたら見つかる！

かといってここに……と大急ぎで視線を巡らせれば、あった！　あってくれた！

今は使われていない空き教室に、唯一残されてくれていた……。

「こっち！」

「んはぁっ……!?」

掃除用具入れの中に、二人分の身体を強引《ごういん》に押し込んだ。


——それから、さして間もなく。

「むぅ、どこに行ったたっ……！」

廊下から響いてくる大声。

希衣先輩が足止めできたのは、やっぱりわずかな間だったらしい。

だけどそのおかげで、ここに逃げ込めたんだから……。

「振り切られたのか⁉　今度は上か？」

「いや……ちょっと待て」

——がらっ！

（っっ……⁉）

ドアの開かれた音に、おれはたまらず息を呑む。

途端に心臓が、走っていたとき以上に早鐘を打ち始める。

けれど懸命にそれを噛み殺し、必死で息をひそめながら、耳をそばだて……。

「むぅ……」

まだ、いる……たぶん教室の中を見回してる……。

（頼む！　ここには目をつけないでくれ！　いなかったみたいだって、スルーして出て行ってくれっ……‼）

どくん、どくん、どくん、どくん、どくん……。

「……念のため、だな」

どくんッ‼

鼓動が跳《は》ねたと同時に、こちらへ歩み寄ってくる足音。

――無駄だったのか。何もかも。

――もう逃げようがない。どうしようもない。

――ただ。この薄いドアを開くだけ。たったそれだけのことで。

（おれたちは…………………………ッ!!）


「風紀委員さーーーーんっ！」

（!!!!!!!!）

いつの間にか固くつぶってしまっていた目を、ハッと開けた。

今の声。今の声は……。

「なんだっ。今は君に用はない、中等部2年1組由真ちまり！」

「はぁはぁ……こ、こっちに用が、あ、ありますっ。その、その……こ、梢ちゃんを見つけたんですっ！」

「なんだと？」

……足音が急いだ様子で遠ざかっていく。

そして教室のドアが開き、閉じる音。

その向こうで。

「こうなったらもう協力しますからっ、案内しますからついてきてもらえますかっ！」

「そ……そうか！　君は杏志館の生徒の鑑《かがみ》だな！　では頼みたいっ」
「は、はいっ……こっちですっ！」
懸命な、その……そう、おれの自慢の妹《ちまり》の声も……大人数の気配も……。
遠ざかっていった。
（……助かった、のか……？　ちまりのおかげで……）
でも、どうしてこんなふうに……しかも慣れないウソまでついて……。
（……………………まさか）
狭い中で身体をよじるみたいにして、なんとかスマホをポケットから取り出した。
逃げてる間はもう無我夢中で、気にしてる余裕もなかったけど……。
ひょっとしたら……と持ち上げ、見た。
角度検知で点《とも》ったロック画面には、二件のＬＩＮＥ通知。
震えだしそうな指先で、大急ぎでそれをスワイプすれば……。
『希衣先輩からＬＩＮＥもらった』
「っ……」
『おとりになるね』
……ほんの数分前のメッセージだった。
大急ぎで送ってくれたんだと、見ただけで分かった。

「〜〜〜〜っ！」

おれはまたギュッと目を閉じ、歯を食いしばった。

——必死に、できる限りの速さで考えて、ああしてくれたんだ。

たぶんこっちの詳しい状況なんて、ほとんど分からないままに。

希衣先輩が風紀委員を逃してしまったあと、即座にちまりへＬＩＮＥしてくれたんだとしても……。

長文のやりとりをしてる余裕なんかない。

となると、おそらくは『二人で逃げてる』くらいのはずで。

そしてそれだけで、ちまりはすぐ状況を飲み込み、考えた。

自分はどうするべきか。何ができるのか。

その結果が、さっきのウソだったんだろう。

——奇跡みたいだ。それこそ。

いくら素直でカンがいいからって、状況を飲み込むのが速すぎる。

いくら一途でひたむきに、まっすぐ突き進むたちだからって……『自分が囮《おとり》になる』という結論を導き出すのが速すぎる。

自分が梢ちゃんを見つけられたときとは違って、必然なんだと思うこともできない。

なのに……いや、何が奇跡的かって……。

（でもちまりならやりかねないって……思わせてくれちゃうのが、ほんとにもうっ……！）

笑えてくるくらいだった。

実際、やってくれちゃったし。

『どこまでだよ、おれの妹は！』って感じだったし。

どこまでもだから……実の妹で恋人なんていう、奇跡の存在にもなってくれちゃったんだ……なんて……。

納得してしまえば、笑いが込み上げる代わりに一気に力が抜けた。

「はは……梢ちゃん、これでひとまず――っう⁉」

抜けた力が、一気に戻ってきた。

いや、むしろ抜けた以上に、入った。ガギンッと固まってしまった。

「はぁ……はぁ……」

梢ちゃんの見上げる瞳《ひとみ》と、視線が噛み合って。

そこでようやく、気づいてしまって。

この狭苦しい掃除用具入れの中で、おれたちはもう、思いっきり密着した状態。

見上げる梢ちゃんの頬《ほお》は紅潮し、甘いにおいが立ちのぼってくるくらい、汗まみれ。

あげく、まだ息が落ち着かないらしく、はぁはぁと乱れたまま。

……そんな彼女を、おれは片手で抱き寄せてる状態。

それだけでも硬直するには充分だっていうのに……。

そのたわわにもほどがある胸は、おれの身体でむにゅっと押し潰《つぶ》されていて。

だから恐ろしいくらいに、その柔らかさと張りと温度を感じ取れてしまって。

さらにその下では、さっきまで引いていたあの小さな手が、ギュッとおれのズボンをつかんでるのが分かる。

かすかに震えながら、だけど離すまいと、しがみつくみたいに。

「こ……梢ちゃっ……」

だからおれは魅入られたみたいになる。

見上げる瞳に、吸い込まれそうになる。

——と同時に、ふと思い出す。

昨日のデートの最中。

彼女に、逃げるように、視線を外されたこと。

でも、あのときと違って……。

「千晴、さん……」

彼女の瞳はもう逃げない。

だからおれも視線を外せない。

そして、まだ乱れた息の中から、おれを呼んだ唇が……。

問いかけた。

「どうしてですかっ……！」

息せき切って。

もう、聞かずにはいられないといったふうに。

……昨日のおれと、同じように。

「どうしてっ……こんな、どうして、千晴さんはっ……」

「ど、どうしてって、何が――」

「ボクなんかのために、こんなに必死になってくれるんですかっ……！」

「…………」

きょとんとしてしまった。

「ちまりはまだ分かります、でも千晴さん、あなたは違うはずですっ」

梢ちゃんは止まらない。

もはや、おれにむしゃぶりつくみたいになって。

「そうっ……どうあがいても結局、ボクはあなたにとって恋敵《こいがたき》、邪魔者のはずですっ」

もどかしげに、身体をよじりすら、していた。

そのせいでいっそう、密着感が増す。

たわわな胸がむにゅむにゅと、おれでゆがんでしまう。

だけどやっぱり、彼女の瞳はもう逃げない。

だからおれも、答える以外にない。

「お、おれはそんなふうにはっ……」

「思っていようがいまいが変わりませんっ、どれだけあなたがボクの想いを認めてくださっていたとしても、ボクがあなたの恋には邪魔な存在なのは客観的事実のはずですっ」

——こずこずが邪魔だな。

今度は、鹿宮先輩のその発言を思い出す。

客観的事実。

確かに、そのとおりなのかも知れない。

彼女の想いを受け入れながら、同時に自分の恋を貫くことは不可能だ。

そこも、認めたとしても……。

「……だとしても、変わらないよ。おれは」

「どうしてなんですかっ」

納得できない、とばかりに梢ちゃんは伸び上がる。

「どうして千晴さんは、今日もこうしてボクをっ……」

「…………」

おれは目を閉じた。

本心のつかみづらい彼女だけど、今は剥《む》き出しにして、ぶつけてきてくれてるのがその言いかたで分かって。

だから――それに、きちんと答えるために。

落ち着いて、自分を見つめ直した。

どうしておれは、今、こうしているのか……。

――ちまりも望んでくれているからとか。

鹿宮先輩の自分本位の行動が、どうにも許せないとか。

いろいろありはしたけども……結局。

「おれは梢ちゃんを尊敬してるから」

「――――」

目を開いて、彼女をしっかり見つめて答えた。

でも、ちゃんとした答えには、それだけじゃまだ足りない。

「ち、ちはるさ――」

「恋敵なのは確かだ。でもそんなのは関係ない。邪魔だなんて思えない」

「……え？」

「だって……ぶっちゃけ、おれは告白したことがないんだ」

「はいっ？」

「むしろ一度、逃げちゃったくらいなんだ。自分の想いと向き合うことにさ」

「……で、でもっ……」

「うん……ちまりが告白してきてくれたから、今、ちまりと恋人同士になれてるけども」

「……そ、え？」

梢ちゃんが戸惑ってるのは分かるけど、溢《あふ》れ出すみたいに止まらない。

「だから、自分の想いとしっかり向き合って、逃げずに自分から告白したってだけでも、梢ちゃんはすごいと思うし……」

「そっ……⁉」

「断られても諦《あきら》めずにアタックし続けて、しかも落としどころまで探そうとあがいてるところなんて、もう尊敬しかない」

「――――」

「おれの手本だ、まで思ってる部分が正直ある」

「――――っ⁉ ⁉」

そう。だからだ。だからこそなんだ。

「ち、ちは、ちはるさ――」

「だから、そんな相手に……こんな不条理なこと、許せるわけがないし……」

そしておれはまた、目を閉じた。


許せるわけがないし……それだけじゃない。

この気持ちを。彼女への、思いを。

敬意と、憧《あこが》れと、好意なんかをすべて込めたものを、一つの言葉にするなら――


「――守ってあげたい」

目を開き、まっすぐ彼女を見つめて言った。

今までちまりにしか、思ったことがないようなこと。

他になかった。

「ち…………ちはる、さん…………」

そこで、彼女は。

「っっ……！」

おれの言葉と視線から逃げるみたいに、目を逸《そ》らした。

昨日と同じく。

「っ……っっ……」

だけど、昨日とは違って……。

「っっ！」

その視線はこらえかねたかのようにバッとおれに戻って。

……潤んでいて。

（え――？）

それが、ギュッと閉じたまぶたに、一瞬だけ隠されたかと思うと……。

――むぎゅうぅっ！

「千晴さぁあんっ……!!」

「――――」

全身を、強く強く押しつけてきた。

か細い声で、おれを呼びながら。

想いが溢れたみたいに。

彼女が二つ下の、まだ中等部2年の女の子なんだと、改めて認識してしまったくらいに。

だからおれは、息を呑み……さっき、自分が言ったとおりに……。

守ってあげたくて。ありのまま、受け止めて。

「…………」

「…………」

お互い、そのまましばらく動けなかった。

互いの息づかいと、体温。そして存在だけを感じていた。

この狭苦しい、掃除用具入れの中で……このひとときだけは……まるで……。

「「…………………」」

互いが互いのすべてであるかのように。

そう。もう一人の妹と、見つめ合っているかのように……。

気づけば、なっていた。

（おれ……いや、でも、梢ちゃんは——）

ちまりじゃない。

ちまりとは、正反対みたいに何もかも違う。

分かっているのに。なのに。おれは……この子に……。

（ちまりと同じような感覚を——）

「…………っ」

そこで、梢ちゃんがハッとした。

途端にその顔へ、みるみる赤みが上ってくる。

（……っ⁉）

認識できた瞬間、おれは慌てた。

「でッ、出ましょうっ」

「そそそうだなっ、もう大丈夫だろうしなっ！」

なんて言い交わしたのが、号令だったかのように。

おれたちは二人揃《そろ》って我先にと、掃除用具入れをドタドタ飛び出した。

「…………」

「…………」

そしてお互い少し、距離を取り合って視線を外す。

まだ身体の前面に、梢ちゃんの感触や温度、存在感が染《し》み入って残ってる。

向こうも同じはずだ。それくらいにおれたちは、くっつき合ってた。

だからこその、今の微妙な距離で。

（どうして、おれ……おれたち……あんな……）

き、気まずいというか、頭が追いつかないというかっ……。

でも。だからって黙り続けてるわけにはいかない。

と、出しっぱなしだったスマホを大急ぎでしまい、そして全身の力を奮い起こして……。

「こ、梢ちゃっ――」

「考えたんですがっ」

「…………」

声をかけようと思ったら、自分以上の必死さでかぶせられた。

なのでおれは、反射的に言葉を飲み込んで。

いや、でもやっぱり。黙っているわけにはいかないだろ、逆の意味で！

「き、聞いてもらえますかっ」

そう。梢ちゃんの視線が、再びおれに向いてくれてる以上はっ……。

「う、うん……何をだ？」

「…………」

とにかく、とおれが頷いて聞き返すと、梢ちゃんは驚いたみたいに少し、目を大きくした。

だけど、おれに聞く意思があるのはすぐ分かってくれたんだろう。

いったん目を閉じ、ふうぅ、と息をついて……。

そうしてまぶたを開くと、真剣な顔つきになって、言った。

「この局面を打開する方法です」

「…………えっ？」

一瞬、意味がつかみかねたくらい、意外な言葉だった。

この局面……風紀委員に追われてなんとか空き教室に逃げ込んで、いったん撤くことはできたけど……。

結局は、少し時間を稼いだだけ……っていう相変わらずの窮地を、打開する方法……？

「そっ、そんなのあるのか⁉」

やっと頭が追いつけば、おれはもう前のめり。

「なんとかできるのか⁉　この状況をっ……」

夢中で聞いてしまうおれに、梢ちゃんはますます真剣な顔になって頷いて。

「おそらくは。……盤面自体をひっくり返すことができれば」

噛みしめるように、力を込めて答える。

「それって……」

「はい。これはボクの想像、ないし期待ですが……」

と、一歩。おれに歩み寄って。

「ゆかりんは今、一人のはずですよね？」

「それは……うん、多分まだそうだと思うけど……」

おれとちまりが廊下に飛び出しても、追ってくることはいっさいなかったし。

たぶん、あの段階で動かせる部下全員に、梢ちゃん捕縛令を与えて放った以上……。

（長《おさ》である自分は、生徒指導室で部下の帰還を待ち構えている……ってところだとは思うけど……）

「だとしたら、どうなんだ?」

「『彼女を説き伏せられる可能性がある』ということです」

「………え?」

「部下の目があれば、まず無理でしょう。ですが、ない状態……風紀委員長として振る舞わねばならない状態ではないのなら、『鹿宮紫子《いちこじん》』として話を聞いてくれる可能性はあります」

「い、いや、それはっ……!」

ちょっと無理じゃないか――と、焦《あせ》ってしまった。

だって今のあの人は、完璧《かんぺき》に変なスイッチが入っちゃってる状態だ。

それこそ、自分の前言を翻して、梢ちゃんを排除しようとしてるレベルで。

おれとちまりが必死で止めようとしても、まったく聞く耳を持たなかったくらいなんだから……。

(今になって、話を聞いてくれるとは――)

「……ゆかりんに命令を撤回させない限り、風紀委員たちはボクを追い続けると思います」

「そっ……それは、そうだろうけどっ……」

「だから、ゆかりんを説得する以外に道はないんです」

「で、でもっ――」

「……はい」

そこで。

梢ちゃんの瞳が揺れた。

「でも……ボクだけでは、おそらく……無理で……」

切なげに唇を噛んで、まつげを伏せて……。

しまいには目をギュッとつぶってしまった——と思ったら。

「っ……だから！」

「——」

さっきと同じような感覚。

い、い、い、いいい、
まるでもう一人の妹みたいに、梢ちゃんはおれにすがりついて。

そして今にも泣き出しそうな顔で、おれに、求めた。

「助けてください、千晴さんっ……！」

「っっ……!!」

震えるように、背筋が伸びた。全身に力が満ちた。

——応えなきゃ!!

自然と心中に、その思いが強く込み上げるに決まっていたし……。

「……分かった」

しっかりと頷き返すに決まっていた。

鹿宮先輩をどう説得するのかとか、そもそも可能なのかとか、そんなことはいっさい関係がなかった。

この子がすがるように向けてくれたまなざしに、応えたいと思うなら……。

おれは、これでいいんだ。

「行こう、梢ちゃん‼」

「────っ」

おれが力を込めて手を取り、引いてみせると、梢ちゃんはぶるるっと小さく震え……。

「……はいっ！」

強く、握り返してきた。


──考え直せば、ちまりが囮になってくれてる今こそがチャンスだった。

そしてそれも、長く続くものじゃないと分かってる。

おれたちは周囲に警戒を払いつつ、また廊下を駆け抜けて生徒指導室を目指した。

「はあっ、はぁっ……！」

梢ちゃんはすぐ、再度息が乱れてきてしまったけど……。

「だ、大丈夫です、千晴さんっ……！」

やっぱり強くおれの手を握り、懸命に、一心についてきてくれて。

だからおれも迷うことなく、梢ちゃんの手を引いたまま――走って、走って――

「――――ッ失礼します!!」

その勢いのまま、生徒指導室に乗り込んだ。

「む……」

それを迎えたのは、不穏な気配を漂わせた鋭い三白眼。

梢ちゃんと共に入ってきたのが、部下ではなくおれで……そして捕縛された状態でもないことが、意外だったんだろう。

「これはどういうことだ！」

鹿宮先輩は即座に立ち上がりながら、怒鳴りつけるような一喝。

――何もなかったら、たぶんその迫力に縮み上がっていただろう。

だけど今のおれは、何もなくない。

「千晴さんっ――」

そう。この子がいる。

応えたい、守りたい存在がすぐそこにいるんだから――

「命令を撤回してください!!」

すぐさまに叫んでいた。

もちろん、それだけにとどまるはずがなかった。

もう、自然と口から飛び出てくるように——

「恋はっ……誰かに止められるものじゃないんです！　そもそも、取り締まれるようなものじゃないんですっ！」

「……何？」

鹿宮先輩が、眉《まゆ》を片方だけつり上げる。

それを目にすれば、おれはさらに口から言葉が飛び出す。

「おれたちの恋を認めてくれるなら、梢ちゃんの気持ちも尊重してもらえませんか！」

事前に考えてたわけじゃない。言語化できてたわけじゃない。

「だってっ——不純な恋なんか、あるはずないんです!!」

だけど今、鹿宮先輩を前にして、こうして次々に言葉が出てくるのは。

（今までに積み重ねてきた時間や体験が、背中を押してくれてる気がする……）

ちまりと。梢ちゃんと。もちろん希衣先輩とも。友人連中とも。

「なんだと……？」

……そして、鹿宮先輩とも。

だからおれは、もう無我夢中で訴えかけた。

「恋なら。どんな恋だって、尊いものなんだ」

もはや丁寧語すら忘れて。

「誰も口を挟めない、異を唱えられない……一人一人の……」

噛みしめるみたいに。自分が大事にしたいものを、抱きしめるみたいに――

「キ、キラキラ、し、た、宝、物なんだから――!!」


力強く、叫んだ。


「…………………」

鹿宮先輩は、口を大きくへの字にして黙り込んだ。

「ち、千晴、さん……」

いつの間にかおれの隣に来ていた梢ちゃんは、声をか細く震わせて。

「っ!?」

そこで勢いよくドアが開いた。

「やあぁ、待ってっ、待ってくださいぃっ……！」

「黙れ虚偽を申し立てておいてっ……委員長!!」

ドカドカと駆け込んできたのは、ちまりを担ぎ上げた風紀委員たちだった。

「なっ……ち、中等部2年1組泊梢！」

梢ちゃんの姿を目にすると、その状態のまま揃って飛び上がる。

そして素早く視線を交わすと、ちまりをバッと下ろしておれたちを取り囲む。

マズい！　とおれは反射的に梢ちゃんをかばおうとして――


「――待てッッッッ!!!!」


その大音声《だいおんじょう》に、この場の全員がビクッと動きを止めた。

「待て。……待て、我が風紀委員たち」

それを発した、鹿宮先輩……風紀委員長は……。

「手間をかけさせたが、すまない。先ほどの命令を取り下げる」

「「「「……は？」」」」

「誤った命令だった。私が、間違えていいいいた」

「「「「…………」」」」

「なので皆、引け。いや……引いてくれ」

……最後には頭を下げながら、そう言ってくれていた。

風紀委員たちは戸惑うように、また視線を交わしたけども……。

「「「「か……かしこまりました！」」」」

絶対的なボスが、頭を下げてのことでは何も言えないとばかりに。

背筋を伸ばしてそう応え、そしてすぐ、廊下へ出て行った。

ドアが閉まると、室内は静寂に包まれる。

そんな中で恐る恐る、視線を戻すと……。

「…………」

鹿宮先輩は目を閉じ、苦虫を嚙みつぶしたような顔。

「え、えっと、鹿宮せんぱい……」

こういうとき、真っ先に口を開くのはいつもちまりだ。

おずおずと、だけど率直に……。

「お……落ち着いて、考え直してくれた……んですよ……ね？」

「…………そういうことになる」

投げかけられた言葉に、先輩はゆっくりと頷いて答えた。

「こずこず」

「っ……は、はい、なんでしょう……」

「すまなかった」

「…………」

「由真兄の言うとおりだ。なので由真兄妹、お前たちにも詫《わ》びる。……私は推《お》しを推したいあまり、大事なことを見失っていた」

「「…………」」

おれとちまりは顔を見合わせた。

そして揃って、梢ちゃんに視線を向けた。

「……千晴さん……ちまり……」

梢ちゃんもこちらを向いてくれていた。

目を見開いて。信じられないと言わんばかりに。

……そんな彼女のさまで、おれは逆に確信できた。

(なんとか、できたんだ……盤面自体をひっくり返せたんだ……!!)

たまらず床を蹴って梢ちゃんに駆け寄り、抱きしめ——そうになったところで。

「——だが」

鹿宮先輩がぽつりと言葉を継いだので、慌てて止まって向き直る。

「それはそれだ」

ぎょろりとおれたちを睨《ね》め回し、先輩は低く重々しい声。

だから一瞬、焦りそうになった。緊張させられそうになった。

それはそれってことは、梢ちゃんを排除する考え自体は変わらないのかと——

「繰り返すが、こずこずを校則第二十一条違反で取り締まる、という命令は撤回する。こずこずの純粋な想いを、自分の都合で無視するようなことは二度としない」

……思っちゃったじゃないですか！　脅かさないでくださいよ！

反動でむしろ脱力しそうになった。

（……あれ？　でも……だったら『それはそれ』って……どれ？）

と、考えたのはおれだけじゃないらしい。

ちまりも梢ちゃんも、改めて鹿宮先輩に視線を向け直していて。

そんな三人分の視線を、やはりぎょろりと、睨め回すみたいにして受け止めて……。

「だが、校則が変わったわけではない」

鹿宮先輩はそう言い、腕を組んだ。

「故《ゆえ》に私のスタンスも、何一つ変わらん。前に言ったとおりだ。……校内では、付き合っているそぶりを少しでも見せるな、だ」

「「「………」」」

つまり、どういうことですか？？？　と、少し混乱してしまったところに……。

「私以外の前ではな」

そんな言葉と共に、照れを隠すような苦笑。

この人には珍しい表情に、おれたちが揃って目を丸くしてしまうと。

「そして、くれぐれも――」

鹿宮先輩は一瞬でいつもの仏頂面《ぶっちょうづら》に戻り、念を押してきた。

「チャラついてくれるな」

おれとちまりは顔を見合わせた。

その言葉で、ようやく気づいたというか、理解できたからだった。

(お、お兄ちゃん、この人って……)

(うん……単に『不純』が嫌いなだけなのな……)

なんて、目と目で会話してしまうくらいに。

――つまり、おれたちの恋を推してくれてたのも、そういうことなんだ。

実の兄妹での恋は、禁断であるが故に純粋なもの。

そんな感覚……いや、言っちゃえば決めつけみたいなのが、この人の中にはあって。

だから、梢ちゃんの恋を『排除してもいいもの』と判断したのも……。

(こずこずの恋は話を聞く限り、邪《よこしま》なものに思える。純粋ではない。つまり尊重すべきものではない……みたいに思って……)

……だからこそおれの言葉で、命令を撤回してくれたんだろう。

純粋なものなんだと、思い直して。

と腑《ふ》には落ちたけど……ということは、だ。

（おれたちの恋も、『純粋ではない』と思われたら……アウトってことか!!）

じゃあやっぱり気は抜けないんじゃん！　下手なこと言えないいんじゃんっ！

……というか、むしろ仲が進展すればするほど危険度が上がるのでは？

（進展して……キス以上のことするようになって……とか明かしたら……）

いや、たぶんキスレベルでも、この人的には許容ライン越えな気がするッ!!

あっぶねええ、今までも念のためにと、話さないでおいてよかったぁっ！　今後も絶対、絶対に言わないでおこうっ……!!

（ってことは、結局……何も変わらないわけか）

不純異性交遊してるとは、絶対にバレちゃいけない。

おれたち兄妹の恋にとって、校則第二十一条と……。

それを破った生徒を取り締まる風紀委員が、最大の敵であることは何も変わらない！

「以上だ」

「は、はいっ……!!」

この人は味方なわけじゃない、履き違えるなよ!?

なんて自分に内心で言い聞かせれば、返事にも力がこもってしまうのだった。

「ちゃ、チャラつかないようにな、ちまりっ」

「う、うんっ、気をつけようねお兄ちゃんっ……！」

と……おれたちのことは、ひとまずこれでいい（よくはないけど）として……。

（梢ちゃんのほうは……）

どう受け止めたんだろう、と改めて視線を向けた。

「こずこずも、くれぐれもな」

「………」

鹿宮先輩にも水を向けられた梢ちゃんは——

「少なくとも、ボクに関しては心配ありません」

淡々と応じた。

すっかり、いつもの調子だった。

「二十一条には違反しません」

「まっ……まあ、女の子同士の話だしな！」

そこもセーフ判定に戻してもらえてるんですよね、と鹿宮先輩に念押しするみたいに口を挟んだ。

こっちはこっちで危なっかしいな！　いちおう確認しておかないとダメだろ——と。

「そうではありません」

「……へ？」

思っていたところで梢ちゃんに首を振られ、きょとんと聞き返してしまった。

すると梢ちゃんは、まつげを伏せて。
微笑《ほほえ》みを浮かべながら、そっと……握った手を、胸に押し当てて……。
何かを噛みしめるように、ささやいた。

「……宝物が一つ、増えてしまいましたから」

（それって……）
どういう意味なのかと、聞きかけた。
そこで、昼休みの終わりを告げるチャイムが鳴った。
「……はぁぁ」
まあ、今はいいや。どうあれ……と、おれは力が抜けてしまった。
（終わったんだから……なんとか、切り抜けられたんだから……）
天井《てんじょう》を仰《あお》いで、しみじみ思ってしまった。

――とんでもなく濃くて長い、昼休みだった――

第六章 お兄さんへの本気の恋なんて誰にもバレちゃダメですよね？

その後……。

教室に戻ったおれは、午前中の休み時間とは違う形で、みんなに詰め寄られた。

あの逃走劇、なんだったんだ⁉　とか。

……そりゃ当然、目撃されてるよなぁ。

そもそも、『午前の呼び出しは手違い』と放送してもらっても、おれたち兄妹に対する注目は続いてたはずだし。

そこであの逃走劇があったら、みんな『今度はなんだ⁉』ってなるに決まってる。

まあ、その辺を全部、徐々に忘れていってもらうためにも……。

連絡不行き届きがあったみたいでさ、とおれは努めて軽く返した。

もちろんそれだけじゃ、納得しないやつが多かった。

けど、おれはそれ以上のコメントはあえて避け、受け流すみたいにスマホを取り出した。

『本当に、いろいろと、ありがとうございました。おかげさまでなんとかなりました』

と、希衣《きい》先輩にお礼のＬＩＮＥをしたかったからだ。

待ちかねてくれていたんだろう。返事はすぐだった。

『連絡ありがとう、ならよかった』

恩に着せない簡潔なメッセージに、苦笑するしかなかった。

『言っておくけど、これで貸し一つなんて思う女じゃないから。笠に着て、あなたに無理に迫る気はないから』

追いかけてきたメッセージには、違う意味で苦笑させられた。

……ちょっと考えちゃって、慌《あわ》てて頭から追い払ったんだろうなぁ、みたいに。

ともあれ……おれがそんなだったから、みんなも諦《あきら》めて席に戻っていって。

午後の休み時間はそのまま、（表面上は、だろうけど）平穏に過ぎて……。


そして、放課後。

いつもならすぐに友人たちが集まってくるけど、今日は違っていた。

宗茂《むねしげ》含めて全員、今日は遠慮しとくわ、とのことだった。

――今日はいろいろあったみたいだし、俺《おれ》たちも詰め寄ったりしちゃったし。

いつもみたいに押しかけるのは申し訳ない感じがするから、今日は遠慮しとこう……ってところな気がした。

結局は気のいい連中だって分かってるし。一日置けば、元に戻ってくれるだろうし。

だからおれは、そっか、と軽く頷《うなず》くだけで応《こた》えた。

――今日、なんとかなったのはみんなのおかげでもあるよ。ありがとうな。

なんて内心で、感謝の念も覚えつつ。

ともあれ、そうやって久々に、宗茂に鍵《かぎ》を預けないで教室を出て……。


そうなると、自然と。

「お兄ちゃん、大丈夫だった？」

「ああうん、全然平気。今日は誰も遊びに来ないってくらいかな」

「……それはかなりの大異変なのでは」

「そういう日もあるって」

「そうですか……」

「じゃあじゃあ、今日はちまたち三人だけなんだねっ」

「そうなるな」

帰り道はこうなった。

いつもと違う一日にはなったけど、ここだけは『いつもどおり』みたいで。

おれはなんだか無性にホッとしつつ、笑って二人に問いかける。

「そっちも午後は、大丈夫だったんだよな？」

「あ、うんっ、あはは、みんなにまた、いろいろ聞かれはしちゃったけど――」

「引き続き、ボクが守りましたので」

「ほんとありがとう梢《こずえ》ちゃ～～んっっ」

「といいますか、ボクのせいですしね」

「って、だからそれはいいのっっ！」

「……なんでちまりは、こういうときにはきっぱり言えるんでしょうね。クラスのみんなには
アワアワするばかりだったのに」

「う……な、なんでだろ……」

「まあ、そのギャップが好ましいんですけど」

「あ……、あはっ、あははっ、もぉーっ梢ちゃぁーんっ」

「フフフフフ」

なんて、笑い合いながら身体《からだ》をぶつけ合う二人に……。

「そっか……うん、ならよかった……」

と、おれはやっぱり、しみじみしてしまうのだった。

（うん……元通りだ。いつもどおりだ……）

――つまり。おれはちゃんと、二人に応えられたんだ。

二人を、守ってあげられたんだ。

（よかった……）

噛《か》みしめながら角《かど》を曲がると、由真工務店《ウチ》の建物が見えてくる。

三人だけなら、まったり過ごすのもいいだろう。

もしくは昨日の続きみたいに……なんて考えつつ、鍵を取り出そうとしたときだった。

「ところで大事な話があります」

「「……え？」」

持ち前のマイペースさで流れをぶった切るように、梢ちゃんは唐突に切り出してきた。

揃《そろ》ってとっさについて行けず、聞き返してしまうおれたち兄妹。

そんなおれたちへ、梢ちゃんはゆっくり、順番に視線を巡らせて……。

そして、言った。

「ごめんなさい」

「「……な、何が？」」

「ちまり」

「えっあっ、は、はいっ――」

「結局、さんざん困らせてしまって」

「…………」

ちまりは言葉を飲み込み、代わりに目を丸くする。

いや、言ってる意味が分からないわけじゃないはずだ。

「困らせたくないと言ったのに、結局」ってことなのは、おれもすぐに分かったし。

けど……それをどうして今、持ち出してきたのか、が——

「……ですが、もう困らせません」

ハッとした。

おれも、ちまりも。

——まさか。それって。だとしたら、つまり……。

「ボクは……キミへの告白を、撤回しますから」

「——」

「もちろん、ちまりが許してくれるなら、ですけど……厚かましいとは、面《つら》の皮が厚いとは、重々承知のことですけど……」

「え、や、あ、あっや、なっ、う、うんっ——」

「その上でまた、親友になってくれませんか」

「…………」

思いっきり目を見開いて、ぎぎぎ、とちまりはおれを見た。

「…………」

おれもたぶん、妹とたいして変わらない顔だっただろう。

だけど、おれは思い出す。

――落としどころ。

おれたち三人の、誰の気持ちも否定しないで済む方法。

(そういうことで……いいのか？　梢ちゃん……)

だとしたら、君の恋心は……あんなに強く、ひたむきだった、ちまりへの想《おも》いは……。

「いっ……いいのか？」

「ボクが聞いているんですけど」

「あっいやっ、そりゃそうなんだけど、そうじゃなくてっ……」

「もちろんちまりのことは、今でも大好きですよ？　ですが、もう特別な、唯一無二のものではないんです。なくなっていたと、今日気づかされました」

「……ど、どういう意味だよ、それ」

たまらず問いかけた、おれに……。

梢ちゃんはクスッと笑って、上目遣《うわめづか》いで答えた。

「ナイショです♪」

「――――」

おれは息を呑《の》んだ。

いつかの……そう、あの日の……。

告白してきてくれた日のちまりと、同じような仕草《しぐさ》。

イタズラっぽく笑みを浮かべて、立てた人差し指を、口の前に持ってきて。

だから息を呑むに決まっていた。

頭だって、真っ白で……。

「そんなわけで、どうでしょうか。ちまり」

「えっ、あっ、やっ……も、もちろんいいに決まってるよっ、親友になるに……っていうか梢ちゃんとちまはずっとずっと親友だもん、親友だったもんっ……!!」

「ありがとうございます。……では、千晴《ちはる》さんもそういうことで、今後ともよろしくお願いいたします」

「え、あ、やっ……」

いや、ちまりがそれでいいんなら、おれも文句はないけどもっ。

どころか、梢ちゃんが身を引いてくれるなら……その上で、ちまりとは変わらずに親友でいてくれるなら……もう。

おれにとってもこれ以上ないくらいの、理想的な落としどころだけども――

（しょ……正直、理想的すぎて頭が追いつかないっ。どうして急にこうなったのか、理解が追いつかないっ……！　いいのか？　なんで、なんでこんな――）

「ナイショですよ？」

「――――」

「さて。ちまり、お風呂《ふろ》を沸かしませんか？　一緒にサッパリしましょう」

「あ、うんっ！　そうだよね、今日は走り回っちゃったんだし！」

「走り回りますし、気も回る親友ですすよボクは。なんてフフフ」

「あははっ……うんっ！　じゃあお兄ちゃん、鍵開けて鍵ぃーっ」

「お願いします、千晴さん」

笑い合いながら先に階段を上り始めた二人に、そこで一緒に振り向かれて……。

「あ……ああ、分かった……」

おれはそう応えるしかなかった。

というよりも、応えたかった。

この二人には。

もう一人の妹みたいに……ちまりと一緒に、兄《おれ》へ笑いかけている梢ちゃんには。

い、い、い、い、い、

（……そういうことで、いい……のか……今は……）

まだ頭は追いつかないけど。戸惑いはあるけど。

おれが守ってあげたいと思った二人が、一緒に笑ってくれてるなら……。

(……いいんだ)

おれもようやく、そこで笑えた。

＊　＊　＊

——やっと浮かべてくれたその笑顔に、怖いくらい、胸がときめきました。

ですが、それは表に出すわけにはいきません。

ずっとずっと、秘めていなくてはなりません。

(親友のお兄さんへの本気の恋なんて、誰にも……ちまりにも、千晴さんにも絶対に……バレちゃダメですもんね……?)

もう困らせない、と言った以上は。

ちまりを、そして千晴さんを……くるおしいほどに大事に、愛《いと》おしく思うなら。

そんな二人の恋を、自分は身を引いて、応援すると決めた以上は。

——だからボクの恋はきっと、永遠に叶《かな》うことはないんでしょうけど。

分かっていて、それでも突き進むのがボクです。

そんなところを尊敬してるって、千晴さんには言われてしまいましたし。
（……♪）
ああ、もう、まったく。兄妹揃って。
いえ、血のつながった兄妹だからこそ、なんでしょうけど……。
（ボクを本気の、恋に落とすなんて……）
――最初の恋はたぶん、今にして思えば憧《あこが》れと独占欲。
だからこの二つめの恋が、ボクにとっては――きっと、本当の――
決して叶うことのない、だからこそキラキラと輝く宝物、なんでしょう。
（好きです、千晴さん……好きになってしまうに、決まってるじゃないですか……）
そう打ち明けたらきっと、この人は分かってくれる。
その実感に似た確信が、ますますボクをときめかせて……。
……まあ、全部ナイショですけどね。
（でも……ナイショのまま、許される範囲なら…………）

＊　＊　＊

……そして十数分後。

（どうしてこうなった？）

と考えつつ、おれは沸いたばかりの風呂に身体を沈めていた。

いや、千晴さんが先に使ってください、と梢ちゃんに強めに促されたからなんだけど……。

ちまりと二人で一緒に入りたいから、帰ってすぐに沸かし始めたのでは？

だとしても、まずは家主から。みたいな礼儀感なの？

（うーん、ほんとにまだいろいろ、つかみかねてる……）

「お、お兄ちゃ～～んっ」

なんてところに、脱衣所から妹の声がかかった。

「ああ、うん……どうした？」

「お……お背中流すねっ！　入るねっ！」

「へ？」

「お邪魔します！」

「ボクもお邪魔します」

「⁉︎⁉︎」

「⁉︎⁉︎⁉︎⁉︎」

いや、マジでどうしてこうなった⁉︎

裸にバスタオルを巻いただけの二人が、唐突に入ってきて……。

ツインテールをお団子にしたちまりは、なんだか妙に意気込んでいて。

その隣で梢ちゃんは、少し楽しそうで。でも頰《ほお》が上気していて。

そして並んだ状態だから、二人の体つきの違いが、恐ろしいほど強調されていて……。

（ちまり、やっぱ細っ……！　梢ちゃん、やっぱすごっ……!!）

なんて嚙みしめてしまったら、浴槽から出られるわけがないんだけども！

「お兄ちゃんっ、出てきてくれないとお背中流せないよぉっ」

「ま、待て、待て待て待てっ、だからなんでそんなことに!?　どうしてこうなった――」

「梢ちゃんがこうしたら絶対お兄ちゃんメロメロだって教えてくれたんだもん！」

「…………」

「といいますか、最初からこれを狙《ねら》って、千晴さんに先に入ってもらいました」

「…………」

「あ、大丈夫です。ボクはちまりのサポートですので。制服が濡《ぬ》れては困るのでバスタオルなだけです」

「だ、だからちまもすっごいドキドキするけどっ……！」

「頑張りましょう。というわけで千晴さんも覚悟を決めてください。ほらほら」

「って引っ張るなぁぁっ！　せめてタオルをくれっ！　ああっ出るっ、よからぬものが出るぅぅっ!!」

「お……お兄ちゃんに、よくないところなんか一つもないよっっ」

「嬉《うれ》しいけど今それは違う！」

「……想像以上にご立派でした。ぽっ」

「この子もう見てるぅぅっ⁉」

「あっあっ、ち、ちまも見るっ、見たいっ、見せてぇお兄ちゃーんっ！」

「見ないで頼むからーーっ‼」

必死で身体を隠しつつ、頭の片隅で思った。

(つまり……要するにこれは、兄妹揃って梢ちゃんに振り回されている状態……？)

いや、ちまりは見事にノせられてるというか、だけども……。

そして梢ちゃんも、ますます頬を紅潮させつつ、目を細めて笑っているけども……。

(…………)

——宝物が一つ、増えてしまいましたから。

その笑顔で、昼休みの最後に聞いた、この子の言葉をふと思い出す。

宝物。

——恋は、一人一人のキラキラした宝物。

おれは鹿宮《かのみや》先輩にそう言った。

それを受けての、梢ちゃんの……あの言葉だったなら……。

（梢ちゃんは、おれにも……恋を……？）

だから、ちまりへの告白を撤回した……のか……？

「さあいい加減、そろそろ腹をくくってください千晴さん。可愛《かわい》い可愛い最愛の妹が、こうして健気《けなげ》な覚悟で飛び込んできてくれたんですから。ねえちまり」

「あ、うんうんっ、だからちま、お兄ちゃんのお背中頑張って流すっ……！」

「ってノせたよね⁉　明らかに今ノせたよね⁉　ちまり、ノせられてるよ⁉」

「びっくりです。まさかこんな簡単にノってくれるとは」

「あのなあっ――」

「まあ、それもすべて千晴さんへの、ひたむきな愛のなせるわざなんでしょうけど」

「っっ……そ、そう言われたら言い返せないッ……おれには撥《は》ねのけられないッッ……‼」

「ふふふ、さすが千晴さん。そうでなくては……というわけで行きますか、ちまり」

「えいえいおーー！」

「だからタオル！　せめてタオルをだなぁっ……！　ああっ……⁉」

――まあ、それはないか。この調子だと。

心中でそう結論づけて……そしてマジでどうしような⁉　この状況ッ……。

エピローグ

なんでいつも、こーうなっちまうんだろーうな？

――またた。

「だから兄貴、キモいって言ってんの！　来んなよッ」

「ふッざけんなよ、先にケンカ売ってきたのはお前だろッ⁉」

「あーもー無理無理無理無理、マジもう無理ッ、耐えらんない！」

「だったら出てきゃいいだろうがッ」

「ッ……いいよ、分かったよ、出てけばいいんでしょクソ兄貴ッ……‼」

売り言葉に買い言葉って感じで、言い合って……。

そして妹はマジギレして、勢いよく家を飛び出していった。

「………またかよ」

残されたオレは、吐き捨てて……そして、ため息。

――どうしていつも、こうなっちまうんだろう。

普段は極力家に寄りつかないようにして、顔合わせないように気ィ遣ってんのに。

たまーに顔合わせちまったときに限って……いつも、ケンカになっちまう。

×♥○

（おい千晴《ちはる》、やっぱありえねェぞ。なんでお前は妹とそんなに仲よくできんだよ……）

妹を避けるみたいに入った杏志館《きょうしかん》でできた、友達のことを改めて思い出す。

（オレは……オレも、お前みたいに……してェのに……）

だって、オレは……本当は、お前と一緒で……。

妹のことを――

＊　＊　＊

「やれやれ……珍しい展開だな……」

思わず独りごちながら、夜道を急ぐ。

家事に関してはしっかり者のちまりが、しょう油を買い忘れたなんて。

「……梢《こずえ》ちゃんにペース乱されてるんじゃないだろうな？」

なんてつい言ってしまったけど、そうじゃないことはよく分かってる。

むしろ梢ちゃんはなんだかんだで、いつもちまりに気を回して、フォローしてくれてて……。

まあ、だからこそこの展開が、珍しく思えてしまったんだけど……。

「……二人揃《そろ》って大焦《おおあせ》りで謝られたら、おれもこうするしかないって」

なんて、最終的には笑ってしまいながら、スーパーへ向かう角《かど》を曲がった。

——そんなところで、だった。

「ちょッ、だからやめてよッ……！」

「いーじゃん、金ないんだろ？　おごるからさぁ」

一瞬、きょとんとしてしまった。けども、すぐに状況は推察できた。

一方はチャラい感じの、たぶんおれと同年代の野郎。相手の腕をつかんで引いていて……。

そしてその相手は、脱色された金髪が夜だと目を引く……おれの知らない学校の制服を着た……妹と同じ歳《とし》くらいの女の子。

「だから無理ッつってんじゃん！　あっち行ってよもうッ」

その剣幕だけで、無理矢理なナンパ野郎を、必死で追い払おうとしてるんだと——

「——すいません！　妹がなんか迷惑かけましたか!!」

分かった瞬間、おれは飛び出してそう言っていた。

妹《ちまり》と同じくらい、と思ってしまったらもう見過ごせなかった。

おれの中の兄回路が、思いっきり反応してしまったというか……。

「え……？」

そんなおれの唐突な登場に、女の子は切れ長な目を丸くした。

「チッ……楽にやれると思ったのによぉ……」

そして野郎のほうは、面倒を避けたかったのか、すぐに諦《あきら》めてくれた。

女の子の腕を放すと、なんか言いながら歩き去って行って。

「……ふぅ」

それを見送ると、おれは女の子に向き直った。

（こっちも面倒なことにならないでよかった……ケンカとか、マジでいやだもんな……）

などと思ってしまいつつ、安心させるように声をかけた。

「大丈夫、だよな？　ビックリしたよな、おれ、急にしゃしゃり出ちゃったしさ」

「………」

女の子は、まだ目を丸くしたままおれを見上げる。

（……美人の卵、みたいな子だな）

そこで初めてちゃんと顔を見て、つい思ってしまった。

まだどこかしら、幼さが残ってる。けど目鼻立ちが驚くほど整ってるから、将来は間違いなく美人になるな……なんて印象を、強く与えるような女の子だった。

いやまあ、髪を脱色してたりするから、雰囲気自体はちまりより大人っぽいんだけどさ。

胸もあるし……梢ちゃんほどじゃないけど……背丈もあるし……希衣《きい》先輩ほどじゃないけど……。

「……妹って」

「あ、やっ……ごめん、とっさに……気を悪くしたなら謝るっ……」

「…………」

おれが少し慌《あわ》てると、女の子はじーっとこちらを見つめる。

……あれ？　落ち着いてるところ、よく見れば……。

（誰かに似てるような……誰だ？　こんな『美人の卵』みたいな子に似てる……ような、友達と言えば……）

「……はーーーーッ」

「え？」

誰かの顔を思い浮かべる寸前で深い息をつかれて、反射的に視線を戻した。

「……うん、もう…………いいや…………」

女の子は金髪を掻《か》き回しながら、何かを振り切るみたいに細かく、首を振っていて。

「……あの」

かと思うと、不意に見上げてきた。

そして小首をかしげた。

「とりあえず名前教えてもらえません？　アタシ、袴谷《はかまだに》千代《ちよ》っていうんですけど……」

――袴谷。

そうだ、あいつだ！　宗茂《むねしげ》にどこか似てるんだ!!

じゃあこの子、宗茂の――

「お兄さんのこと……好きになっていいです……？」

「…………」

――さっきのおれに負けないくらい、唐突に。

新たな茨《いばら》がまた、おれたち兄妹の行く手に生い茂った気配がした――

あとがき

お読みいただきありがとうございました！　お久しぶりです保住《ほずみ》です！

そういうわけで1巻の引きからの流れで、梢《こずえ》巻となりました。

素直で率直なちまりと違い、複雑で多層的な思考形態の持ち主である梢が主軸だっただけに、1巻とはまた違ったドライブ感といいますか、次から次へと「どうなるのこれ」感が襲ってくるような一冊になったと自分では思っておりますが、いやしかし、正直なところを申し上げますと、「書いてみたらまさかこんな話になるとは」とも思っていたりします。今現在。

この『おにバレ』は、「思いついたことは出し惜しみしないで即座にどんどん投入していこう」というスタイルで執筆したのですが、逆に言うとそれって、「先のことを何も考えてない」ってことでもあるわけなのですよね。なので1巻の引きで梢にあの台詞を言わせた（この子を造形した瞬間からああ言わせたかったんです）段階では、ぶっちゃけ自分でも「え、これ続きでどう落とすつもりなの」ってなっておりました。ノープランにもほどがある！

なので今巻の執筆はとにかく手こずりました。序盤など何十回まるっと書き直したか分からないくらいです。いや、もうなんか二章以降もそれぞれ最低5回は書き直してた気がしますな。

ボッテイクの分量だけでもう一冊出せそうなくらいの勢いで。

ですがその甲斐あって、ラストに至るまでの流れは先に述べたとおり完全に自分でも「まさかこうなるとは」な出来になりました。各キャラが自然と動いてあの『落としどころ』まで辿りついてくれた感じで、執筆時の高揚感といったら今までになかったくらいです。

と、著者は思いっきり楽しんで書きましたので、お読みくださった皆様も、思いっきり楽しんでいただけたならもう嬉しい限りです。届けーー！

などと1巻あとがきと同じ祈りを発しつつ、謝辞に移らせていただきます。

まずは担当編集様。今回もいろいろとお導きいただき誠に本当にありがとうございました！

そして引き続き神ｏｆ神としか申し上げられない素敵にもほどがあるイラストを描いてくださった千種《ちぐさ》みのり先生。今回も最の最の高で感謝感激感涙です。ありがとうございました！

また改めて、編集、校正、装丁、印刷、広報、営業、販売といった、本書を読者のかたがたにお届けするためにお力添えくださった全ての皆様にも、厚く厚く御礼申し上げます。

そしてそしてお読みくださった全ての皆様。いくら謝辞を述べても足りないくらいです。読んでいただけなければ作品は真の意味で完成しません。つまり、楽しんでいただけたならば、それも貴方様のおかげです。本当に本当に、ありがとうございます。

という次第で、保住圭《けい》でした。どうかまたこうしてご挨拶できる機会に恵まれますように。

失礼いたします。

ファンレター、作品の
ご感想をお待ちしています

〈あて先〉

〒106－0032
東京都港区六本木2－4－5
ＳＢクリエイティブ（株）
GA文庫編集部 気付

「保住圭先生」係
「千種みのり先生」係

本書に関するご意見・ご感想は
右のQRコードよりお寄せください。

※アクセスの際や登録時に発生する通信費等はご負担ください。

https://ga.sbcr.jp/

お兄ちゃんとの本気の恋なんて誰にもバレちゃダメだよね？２

発　行　　2022年2月28日　初版第一刷発行
著　者　　保住圭
発行人　　小川　淳

発行所　　SBクリエイティブ株式会社
〒106－0032
東京都港区六本木2－4－5
電話　03－5549－1201
03－5549－1167（編集）

装　丁　　AFTERGLOW

印刷・製本　中央精版印刷株式会社

ISBN978-4-8156-1004-3
Printed in Japan　　GA文庫

第15回 GA文庫大賞
GA文庫では10代～20代のライトノベル読者に向けた
魅力あふれるエンターテインメント作品を募集します！
世界を書き換えろ！
イラスト／ファルまろ
大賞賞金300万円＋ガンガンGAにて、コミカライズ確約！
◆募集内容◆
広義のエンターテインメント小説（ファンタジー、ラブコメ、学園など）で、日本語で書かれた
未発表のオリジナル作品を募集します。希望者全員に評価シートを送付します。
※入賞作は当社にて刊行いたします。詳しくは募集要項をご確認下さい。
応募の詳細はGA文庫
公式ホームページにて
https://ga.sbcr.jp/